Einaudi. Stile Libero Big

Della stessa autrice nel catalogo Einaudi

La vasca del Führer

Serena Dandini
Cronache dal Paradiso

Einaudi

Pubblicato in accordo con S & P Literary - Agenzia letteraria Sosia & Pistoia
www.einaudi.it
ISBN 978-88-06-25336-3

Cronache dal Paradiso

A mia mamma,
che parlava ai gerani.

La mente è un suo proprio luogo
e in sé stessa può fare
un Paradiso dell'Inferno
e un inferno del Paradiso.

JOHN MILTON, *Il Paradiso perduto*, 1667.

Quello che veramente ognuno di noi è ed ha, è il passato; tutto quello che siamo e abbiamo è il catalogo delle possibilità non fallite, delle prove pronte a ripetersi. Non esiste un presente, procediamo ciechi verso il fuori e il dopo, sviluppando un programma stabilito con materiali che ci fabbrichiamo sempre uguali. Non tendiamo a nessun futuro, non c'è niente che ci aspetta, siamo chiusi tra gli ingranaggi d'una memoria che non prevede altro lavoro che il ricordare sé stessa.

ITALO CALVINO, *Ti con zero*, 1967.

Il Paradiso dipende da noi.
Chiunque voglia
vive nell'Eden, nonostante Adamo
e la cacciata.

EMILY DICKINSON, «Il Paradiso dipende da noi», 1866.

1.

Prima che mio padre con l'abilità di un mago dissolvesse le fortune di famiglia, c'era una casa di campagna. Una grande villa per la precisione, che si ergeva su una collina circondata da un uliveto e da un boschetto di castagni oltre il quale si nascondevano delle cave di peperino.

La facciata era maestosa ma tradiva un che di infantile, come se a progettarla fosse stato un architetto bambino che per prima cosa aveva disegnato un enorme orologio al centro del tetto spiovente. Il meccanismo, sofisticato ma sempre in ritardo, sovrastava tre piani di finestre dalle imposte verde sussidiario, mentre al pianoterra un portico con tre arcate decorate in marmo (peperino, naturalmente) si apriva su un giardino all'italiana in miniatura: il regno incontrastato della nonna Enrica.

Tra le aiuole di fiori multicolor circondate dal rosmarino, sfuggiva all'ordine costituito un fitto cespuglio di ortensie: era quello il mio Paradiso. Lo ricordo gigantesco, ma forse ero io piccolina, le dimensioni dei luoghi dell'infanzia subiscono variazioni dovute alla nostra memoria di bambini. Mi ci rintanavo dentro quando giocavamo a nascondino: era una foresta misteriosa, nessuno mi trovava mai, o almeno cosí mi piace pensare seguendo il flusso rassicurante e truffaldino dei ricordi. Dopo averla ereditata dai nonni, papà, insieme alle due sorelle chiamate dai mezzadri «le contessine», era riuscito in pochi anni a dissipare in allegria un ettaro alla volta, sino all'assalto finale che aveva inghiottito tutto.

Di quei luoghi che avevano assistito a matrimoni, battesimi e morti – insomma, a una discreta quantità di gioie e dolori – mi rimangono soltanto foto in bianco e nero oppure a colori sbiaditi simili ai filtri piú funebri di Instagram, che non a caso si chiamano Perpetua o Amaro. Quei reperti fotografici, trascinati per inerzia a ogni trasloco, ritraggono frammenti di estati senza fine trascorse ad arrampicarsi sugli alberi e a inseguire cani pezzati di cui ho dimenticato i nomi. Dispiace per i cani della nostra infanzia, presenze sentimentali purtroppo passeggere, ma indispensabili compagni di viaggio che rimpiangiamo molto piú dei luoghi che abbiamo abitato. Al di là di ogni retorica sul passato, lo so per certo che i luoghi non ci mancano.

Qualche anno fa, scorrendo con avidità annunci immobiliari – una piccola perversione a cui non rinuncio anche se non devo cercare alcuna casa –, mi sono imbattuta nell'offerta esclusiva della villa di famiglia a una cifra notevole ma non impossibile. È bastato un breve consulto con mia sorella e mio fratello per capire che nessuno di noi aveva intenzione di ricomprarsi un ricordo. Eppure, per intere serate ci eravamo raccontati storie sul sapore delle castagne che raccoglievamo in autunno, facendo a gara nel riportare a galla aneddoti e dettagli. Era dal terrazzo di quella villa che mio fratello faceva volare i suoi aerei di balsa: impiegava settimane per costruirli, incollando meticolosamente minuscoli pezzi di compensato che per incanto davano vita a una struttura leggera che assomigliava allo scheletro di un dinosauro. Lo rivedo, armato di colla, ricoprire con delicatezza le sue creature con strati di sottile carta velina colorata, facendo particolare attenzione alle ali. Le ali sono sempre state il punto debole della sua sapienza aerodinamica. Un lavoro immenso, per poi vederli schiantare in pochi secondi fra i broccoli dell'orto.

– Non è vero, a volte volavano.

– No, Ferdinando, non è mai successo.

– Eppure ricordo benissimo che quello rosso un'estate ha preso il vento. Forse voi non c'eravate.

– Forse...

«La vita non è quella che si è vissuta, ma quella che si ricorda e come la si ricorda per raccontarla», scriveva Gabriel García Márquez. Non è che il desiderio a guidarci. E cosí, davanti alla possibilità di possedere di nuovo lo scenario dell'infanzia, senza ripensamenti ci siamo tirati indietro, spaventati. E non solo a causa del mutuo che avremmo dovuto affrontare. Sono sicura che non volevamo privarci del brivido egoista provocato dalla nostra memoria interna: oggi si chiama Random-access memory – in breve, Ram –, ma esisteva molto prima dei computer e ognuno di noi conserva la propria in un non ben determinato nascondiglio della mente. È a lei che affidiamo il compito di ricostruire la nostra storia, tagliando come in un film le parti piú noiose.

Sul passato abbiamo un dominio assoluto e lo evochiamo come piú ci va a genio, meglio ancora se abbiamo perso le tracce dei luoghi che ci hanno visto crescere. Soltanto in questo modo possiamo riviverli a piacimento, è la nostra vita e nessuno può impedircelo.

Chissà se nel Paradiso terrestre, fra l'albero della conoscenza e i ruscelli dalle acque limpide, il Signore aveva sistemato delle piante di ortensie. Le sacre scritture non lo riportano, ma so per certo che mia nonna non avrebbe concepito un Paradiso senza delle hydrangee, di quella particolare sfumatura azzurra e polverosa che le fa sembrare nuvole cariche di pioggia primaverile. O almeno io le vedevo cosí, e anche se ho seguito alla lettera il segreto di nonna Enrica, che sotterrava nel terriccio acido dei chiodi arrugginiti per alterare il colore dei fiori, in tanti anni di giardinaggio non sono mai riuscita a riprodurre quella tonalità. Ma non mi arrendo, e continuo a inseguire il mio miraggio come una promessa di felicità.

– Non erano azzurre, ma viola.

– Ricordi male, perché stavi sempre a incollare quelle maledette ali che poi si spezzavano subito.

– Non è vero, una volta quello rosso è arrivato fino al campo di grano ed è atterrato tutto intero sulle spighe. Me lo ricordo benissimo.

C'è chi cerca il Paradiso nel tempo passato, chi confida speranzoso nell'aldilà o chi, con piú tenacia, vuole raggiungerlo a tutti i costi sulla Terra. E anche se la caccia a questo luogo ideale a volte non è che un trucco messo in atto dalla nostra mente per sopportare l'ostilità del presente, non esiste essere umano che non vagheggi un «altrove assolato» con il magico potere di quietare le proprie ansie. Che l'Eden perduto sia reale o solo sognato poco conta; un *chiringuito* su una spiaggia remota, o il giardino segreto dell'infanzia: ognuno può immaginarsi un Paradiso su misura e decidere di spendere la vita per riconquistarlo.

Nel Medioevo, con ostinazione, monaci e avventurieri hanno affrontato viaggi rocamboleschi solcando mari in tempesta per scoprire il «vero» Paradiso terrestre, divenuto remoto e inaccessibile dopo la cacciata di Adamo ed Eva. Alessandro Scafi, grande studioso della materia paradisiaca, ha consultato mappe e mappamondi conservati nei musei dell'intero mondo rivelando la presenza di questa regione mitica in ogni cartografia dell'epoca. Ma mentre i cristiani europei l'hanno sempre cercata in estremo Oriente, i buddhisti l'avevano individuata nelle terre piú occidentali a nord dell'Europa. Ciò che piú si desidera non è mai a portata di mano e soprattutto non segue le regole di quel che conosciamo: lo sanno bene gli astrofisici che tentano di svelare il mistero dei buchi neri, regioni in cui spazio e tempo sono sospesi.

E proprio in un varco spazio-temporale è stato risucchiato uno dei primi uomini partiti alla ricerca dell'Eden in Terra. Si chiamava Amaro, ed era un nobile cristiano di origine asiatica che, nonostante l'agiatezza, non trovava mai pace, poiché voleva a tutti i costi raggiungere il Paradiso terrestre. Cosí, dopo un'apparizione notturna che lo esortava al viaggio, decise di dare in beneficenza ciò che possedeva e salpare con una nave verso l'Oriente piú estremo. La leggenda narra che quattro amici che non avevano cuore di lasciarlo solo si lanciarono con lui in quell'avventura visionaria. Per fortuna c'è sempre qualcuno piú pazzo di te pronto ad abbracciare i tuoi sogni, e fu quindi con il suo sparuto equipaggio che Amaro attraversò terre ostili abitate da bestie feroci e penetrò regioni incantate con le solite fanciulle bellissime che s'incontrano in questi frangenti idilliaci. Dopo mesi di peripezie, approdato su una spiaggia remota, Amaro abbandonò la compagnia e si inoltrò in solitudine nella terra sconosciuta dove dal nulla sbucò un eremita, indicandogli l'impervio sentiero che tra valli e montagne l'avrebbe condotto all'agognato Eden.

Finalmente, in lontananza, gli apparve un castello ricoperto di gemme e metalli preziosi, circondato da un altissimo muro di cinta che impediva ogni accesso. Un'accecante luce divina illuminava la visione del povero pellegrino, accrescendone l'eccitazione. Era arrivato, ma l'unico portone era chiuso e un angelo guardiano, con una spada sfolgorante, scoraggiava i suoi tentativi di ingresso. Non vi è traccia del dialogo tra i due: sappiamo che ad Amaro fu consentito di sbirciare per pochi minuti dal buco della serratura l'Eden che aveva sempre vagheggiato.

Quando tornò alla spiaggia dai propri amici, trovò ad accoglierlo una città ricca di case e giardini. Dopo un istante di stupore, venne a sapere dagli stessi abitanti che era stata fondata duecento anni prima dai compagni di un certo Amaro, il quale era partito alla ricerca del Paradiso terrestre. Quella mezz'oretta passata a contemplare l'Eden si era trasformata in due interi secoli per i comuni mortali, un salto temporale inaudito che ci ricorda un altro viaggio e insinua il sospetto che il regista Stanley Kubrick si sia ispirato all'avventura di sant'Amaro per la sua odissea nello spazio. Ma non abbiamo prove al riguardo. Quel che piú ci preme appurare è cosa avesse intravisto il nostro pellegrino sbirciando dal buco della serratura, e questo lo sappiamo per certo: davanti ai suoi occhi incantati era apparso un magnifico giardino con alberi carichi di frutta e fiori dai colori sgargianti. Di ortensie non vi è traccia nel racconto, ma sono sicura che non potevano mancare nello sfolgorio della natura al culmine della sua bellezza primigenia. Tutto era ancora lí, proprio come l'avevano lasciato Adamo ed Eva il giorno del piccolo incidente che ha determinato la nascita della vita sulla Terra.

Non vi è religione al mondo che non si sia sentita in dovere di descrivere il Paradiso ideale in cui gli esseri umani, avendo perduto l'Eden delle origini, avrebbero potuto vivere per l'eternità dopo la morte, in letizia e piacere. Per gli ebrei è stato Sheol, per gli antichi greci Campi Elisi, Janna per i musulmani, Terra pura per i buddhisti, Svarga per gli induisti… Chiamatelo come volete, ma che sia Isola dei beati, Valhalla o Grande prateria, tutti i narratori sono concordi nel descriverlo come un posto idilliaco dove fiori e frutti sbocciano in un'eterna primavera, irrigati da dolci ruscelli.

Allora cos'è in fondo il Paradiso se non un meraviglioso giardino? Non a caso in diverse lingue la parola «giardino» e la parola «Paradiso» spesso coincidono. E si dice pure che, ogni volta che affondiamo le mani nella terra per mettere a dimora una semplice piantina, siamo spinti dal perenne desiderio di ricreare proprio quello spazio incantato da cui siamo stati cacciati tanto tempo fa.

Ogni giardino e perfino un minuscolo balcone si trasformano nel sogno di un Eden, il luogo della felicità perduta che continuiamo a rincorrere spinti da una profonda nostalgia e dal bisogno di ricreare un nuovo orizzonte quotidiano, dove lo sguardo possa riposarsi su qualcosa di bello e rasserenante. I giardinieri sentimentali lo sanno bene: la loro massima esponente, Pia Pera, affermava convinta che «poco equivale al piacere di scavare una buca». Potremmo quindi definirlo «un piacere divino», e non a caso il Signore è stato chiamato «il grande giardiniere». Grande non so, ma di sicuro il primo.

> Poi il Signore Dio piantò un giardino in Eden, a oriente, e vi collocò l'uomo che aveva plasmato. Il Signore Dio fece germogliare dal suolo ogni sorta di alberi graditi alla vista e buoni da mangiare.

E fin qui tutto bene.

E però, non contento di questa imponente impresa giardiniera, il Signore Dio, come dice la *Genesi*, decise di aggiungere al catalogo del primo vivaio della storia il famoso albero della conoscenza del bene e del male. Con l'entrata in scena della pianta incriminata, munita di serpente tentatore appollaiato sui rami, l'innocente racconto bucolico dell'origine del mondo si trasforma subito in un film horror. Per quanto nei secoli i produttori di mele si siano sforzati di riabilitare l'immagine del frutto proibito, non sono mai riusciti a cancellare quel retrogusto peccaminoso. E come se non bastasse, è arrivata pure la strega di Biancaneve ad aggravare la situazione.

Ma Eva ha sul serio addentato una mela? Ogni narrazione offre un'ipotesi diversa. Secondo alcuni, il frutto sotto accusa è un bel grappolo d'uva dai chicchi succosi e attraenti; altri parlano di un cedro, che però è abbastanza difficile da prendere a morsi, e il suo sapore è un po' troppo aspro per essere considerato una delizia celestiale, almeno per me: non ho mai amato le spremute di cedri e di pompelmi che sono diventate di moda insieme alle diete dimagranti bruciagrassi.

Torniamo però al punto saliente del racconto:

> Allora la donna vide che l'albero era buono da mangiare, gradito agli occhi e desiderabile per acquistare saggezza; poi ne diede anche al marito, che era con lei, e anch'egli ne mangiò. Allora si aprirono gli occhi di tutti e due e si accorsero di essere nudi; intrecciarono foglie di fico e se ne fecero cinture.

Il fico è di sicuro un sospettato eccellente, visto che, come risulta dalla *Genesi*, stava proprio lí a portata di mano ed è stato subito utilizzato per il primo *outfit* della storia. L'aspetto è fin troppo voluttuoso e la sua polpa carnosa è quasi sacrilega, ma su questo argomento Dio purtroppo è rimasto sul generico, lasciandoci all'oscuro sull'identità del «frutto della colpa» che nel tempo, a causa dell'assonanza con la parola latina *malus*, «male», si è trasformato nella famosa mela. O almeno cosí assicurano gli archeobotanici, una categoria di ricercatori molto puntigliosi, esperti nell'evoluzione delle piante e talmente ossessionati dal passato da perdere la testa pur di individuare l'origine di un'alga fossile vissuta milioni di anni fa. E una delle sfide piú avvincenti per gli archeobotanici è stata proprio quella di determinare l'identità del frutto proibito sbocconcellato da Eva.

Dopo indagini approfondite sull'ubicazione originaria dell'Eden, si sono ritrovati concordi nell'affermare che un albero di mele non poteva crescere in Medioriente tra i fiumi Tigri ed Eufrate, dove le sacre scritture suggeriscono il luogo incantato. Il clima caldo umido sarebbe stato proibitivo anche per un'umile annurca. Seguendo altre preziose tracce, sono giunti alla conclusione che l'albero della conoscenza era senza tema di smentite... un banano. Di questa teoria era convinto il padre degli archeobotanici, o meglio, il piú grande botanico della storia: Carlo Linneo. Lui non aveva dubbi, tanto che nella sua rivoluzionaria catalogazione delle piante chiamò l'albero di banano proprio «Musa paradisiaca».

Carl Nilsson Linnæus fu un medico e naturalista svedese, adorato da Charles Darwin al pari di una divinità. Lo studioso è ricordato soprattutto per la riforma della nomenclatura botanica esposta in due grandi opere, *Systema Naturæ* e *Genera Plantarum*, che lo fecero balzare agli onori del pubblico. In realtà lo resero famoso come lo scienziato piú scandaloso del suo tempo, perché Linneo, come Adamo che, sollecitato da Dio, aveva dato nome agli animali e alle piante, si era preso la briga di fare lo stesso e aveva assegnato un nome a tutte le specie vegetali, catalogandole dal punto di vista del loro apparato riproduttivo: il polline e i pistilli che ancora oggi ci servono per spiegare ai bambini l'atto piú antico del mondo furono la base scientifica per questo giovane ricercatore svedese, il quale nel 1729 tracciò un vero e proprio *Kāma Sūtra* vegetale dal titolo inequivocabile di *Præludia sponsaliorum plantarum*. Che potremmo tradurre con «I preliminari degli accoppiamenti delle piante».

Classificare le specie vegetali in base a quelli che Linneo definiva «organi sessuali» fu un'idea ardita e suscitò scalpore tra gli accademici piú puritani. Questo testo audace e innovativo, ancora oggi considerato una bibbia dagli studiosi, fu messo al bando al pari di una pubblicazione pornografica e vietato soprattutto alle ragazze da marito, perché «pericoloso per il loro sviluppo emotivo». Seguí una denuncia per «immoralità» direttamente dallo Stato svedese, e persino una condanna per sospetto libertinismo dalla comunità luterana. Da quel momento Linneo fu considerato il nemico pubblico numero uno, una sorta di Hugh Hefner della botanica ma senza conigliette. E pensare che era stato proprio lui a inventare la definizione di Homo sapiens per l'essere umano, appellativo di cui non sempre siamo stati all'altezza. Le critiche ferirono profondamente il giovane studioso, che per fortuna trovò un'immensa fonte di consolazione proprio in un albero di banano.

La pianta di banano di cui Linneo si appassionò era in Olanda, a Hartekamp, nella serra monumentale di un favoloso giardino di proprietà di George Clifford, un banchiere ricchissimo e originale che, invece di collezionare gioielli e orologi, preferiva circondarsi di piante rare e animali esotici. Con notevole dispendio di mezzi, Clifford si era creato un Eden personale nelle campagne vicino a Harlem, e stupiva gli ospiti mostrando tigri e scimmie che aveva acclimatato con amore. La nomina a direttore della Compagnia olandese delle Indie orientali gli aveva permesso di ottenere esemplari sconosciuti da ogni terra lontana che le navi della compagnia raggiungevano dopo viaggi avventurosi nei quattro continenti allora noti. Visto che all'inizio del Settecento l'Australia non era stata ancora scoperta, suppongo che struzzi e canguri non facessero parte dell'Eden cliffordiano, ma per il resto non mancava nulla nella bizzarra arca di Noè del banchiere olandese.

Incantato da quel luogo speciale, Linneo fu entusiasta appena Clifford si offrí di assumerlo come medico personale e giardiniere capo, con il compito di catalogare le piante di quell'immenso Paradiso in terra.

Quando il botanico entrò per la prima volta nel giardino, rimase affascinato dalla sterminata collezione di rarità vegetali. Ora poteva toccare con mano i meravigliosi esemplari che arrivavano dal Sudafrica, da Ceylon, dal Malabar, da Giava, dal Giappone. Piante che oggi possiamo acquistare in qualsiasi vivaio sotto casa oppure ordinare facilmente via internet, ma che a quel tempo erano avvolte da leggenda e descritte solo nei racconti dei viaggiatori piú intrepidi, che solcavano gli oceani rischiando la morte per riportare a casa qualche seme prezioso.

All'epoca Linneo era uno studente squattrinato giunto in Olanda per conseguire una laurea, il famoso pezzo di carta che il futuro suocero esigeva per concedergli la mano della figlia. Come fidarsi di un audace sognatore che preferiva giocare con fiori, frutta e animali piuttosto che occuparsi di una carriera dignitosa? Ancora nessuno sapeva che il giovane sarebbe presto diventato uno degli scienziati piú influenti al mondo, e fu appunto nel giardino incantato del banchiere che incontrò la propria fortuna sotto le spoglie di una banana matura.

È una gelida mattina del 1736. Nevica da giorni, ma nonostante il freddo polare Linneo è appostato nella serra monumentale di George Clifford, riscaldata a carbone.

Sono mesi che tiene lo sguardo fisso su uno strano ciuffo che spunta dalle lunghe foglie croccanti di un banano. Forse ha preso sonno per un po', e quando riapre gli occhi vede apparire tra le foglie dell'albero qualcosa di giallo che prima non aveva scorto. È avvenuto un piccolo, grande miracolo, e alla luce della lampada a petrolio lo studioso, con grafia tremolante, registra nel fedele taccuino che per la prima volta in Europa un banano ha dato i suoi frutti.

Gli sforzi di Linneo sono stati ripagati, a nessun botanico fino ad allora era riuscita questa audace impresa che mia nonna, senza la sapienza accademica del naturalista svedese, qualche secolo dopo aveva cercato inutilmente di replicare. Nella casa di campagna andavano sempre falliti tutti i suoi caparbi e disperati tentativi di ottenere banane da un alberello che aveva voluto al centro di un'aiuola, e anche quando aveva fatto costruire dal fattore una casetta in vetro per proteggere l'amato esemplare, non aveva ottenuto che foglie. Ma l'ho già detto, la sua specialità erano le ortensie, e le delusioni nel giardinaggio sono piú cocenti di quelle inflitte da una storia d'amore non corrisposta.

Il giovane Linneo invece, in preda all'emozione, dopo aver posato la penna sul taccuino, con delicatezza agguanta la sua banana e, non resistendo alla tentazione proprio come Eva nel Paradiso terrestre, socchiude gli occhi per il piacere e addenta il frutto della conoscenza. Da quel giorno per la Musa paradisiaca dalla polpa succosa e dolcissima si inaugura una nuova, gloriosa storia.

Certo, immaginare Eva che fugge dal Paradiso terrestre con in mano una banana è una scena piuttosto audace e inaspettata, un'iconografia inedita che renderebbe la colpa atavica se è possibile ancora piú grave.

Per fortuna ci viene in soccorso sant'Agostino, il quale, chiamando il peccato originale *felix culpa* o «caduta propizia», ci offre un'altra versione dei fatti. La presunta disobbedienza di Eva, che ha ingiustamente colpevolizzato per millenni il genere femminile, acquista una prospettiva diversa, e scopriamo che in realtà è stato proprio il gesto ardito della prima donna a permettere al genere umano di intraprendere il lungo viaggio verso la conoscenza: un atto di ribellione che dà un vertiginoso inizio alla storia dell'umanità.

Senza la curiosità di Eva non ci sarebbe stato il mondo con quel che ne consegue, gioie e dolori compresi. Se avessimo aspettato lo spirito d'iniziativa di Adamo, forse saremmo ancora a contare i petali delle margherite in quell'Eden sí meraviglioso, ma sin troppo perfetto e alla fine parecchio noioso. Di sicuro noi donne non avremmo partorito con dolore, ma dopo la scoperta dell'epidurale la faccenda ha assunto tutto un altro aspetto.

> La colpa di Eva è stata quella di voler conoscere, sperimentare, indagare con le proprie forze le leggi che regolano l'universo, la Terra, il proprio corpo, di rifiutare l'insegnamento calato dall'alto, in una parola Eva rappresenta la curiosità della scienza contro la passiva accettazione della fede.

A dirlo è Margherita Hack, che, con una tale antenata, avrebbe auspicato di certo una vita piú facile per le scienziate che oggi continuano a faticare per affermarsi in un universo decisamente patriarcale.

Comunque la si pensi, sia che Eva abbia mangiato una mela oppure una banana, la sua trasgressione è stata un atto rivoluzionario, la scintilla che ha dato il via a ogni azione umana e al libero arbitrio, una spinta dinamica che ha costretto Adamo a prendersi delle responsabilità e a impegnarsi per ottenere qualcosa, magari solo una cosa alla volta, come avviene ancora adesso per il genere maschile, ma è sempre meglio che niente.

Oggi possiamo affermare con serenità che Eva è stata la prima eroina della storia, e quando l'Ulisse dantesco, parecchi millenni dopo, esclamò: «fatti non foste a viver come bruti, | ma per seguir virtute e canoscenza», stava senza dubbio pensando a lei, anche se i poemi epici non lo riportano. D'altronde sono tutti scritti da uomini.

A partire da questa teoria innovativa, possiamo rileggere una sterminata iconografia che ha scelto il Paradiso terrestre come soggetto pittorico. Se provassimo a interpretare i dipinti storici in questa nuova luce, potremmo scoprire dei particolari che ci erano sfuggiti. Per esempio, riguardando bene *La cacciata dall'Eden* di Albrecht Dürer è evidente la disperazione di Adamo, il quale non ha nessuna intenzione di mollare il suo posticino al sole. Lo cogliamo sopraffatto dall'angoscia, lo sguardo rivolto all'indietro e i piedi quasi incollati al terreno; mentre Eva, i capelli al vento, ha già imboccato l'uscita, pronta per le eccitanti avventure che l'aspettano. Non c'è dubbio che grazie a lei nasce la curiosità umana, quello stimolo benefico che ci spinge senza posa a scoprire nuovi orizzonti.

L'incanto del Paradiso terrestre, per quanto noioso e ripetitivo, ha continuato però ad attrarre gli esseri umani, ma per conquistarlo non è sempre necessario affrontare pericolosi viaggi in capo al mondo come sant'Amaro. C'è chi ha pensato di ricrearne la magia – serpente escluso – proprio davanti a casa, come Claude Monet. Il pittore impressionista ha inseguito per una vita il sogno di un Eden a chilometro zero, a disposizione dei suoi pennelli a ogni ora del giorno, e ha dedicato tutte le energie alla realizzazione di questa visione di bellezza: «Il giardinaggio è un'attività che ho imparato nella mia giovinezza, quando ero infelice. Forse devo ai fiori l'essere diventato un pittore».

Pergolati di rose e vialetti punteggiati di stagionali erano coltivati con cura nel suo giardino di Giverny, vicino a Parigi, per offrire lo scenario ideale alla sua ispirazione quotidiana. Ma il cuore pulsante del celebre Paradiso terrestre di Monet è rappresentato da un laghetto che l'artista aveva fatto realizzare per accogliere decine di ninfee di ogni varietà. Era cosí posseduto dalla visione di quei fiori e dai riflessi che proiettavano sull'acqua che negli ultimi anni non ha dipinto altro. Ancora oggi si può godere di un'immersione virtuale nel suo giardino paradisiaco visitando il museo dell'Orangerie a Parigi, dove sono esposte le tele giganti che il pittore ha regalato allo Stato francese con la benedizione del primo ministro Clemenceau, giardiniere appassionato e visitatore assiduo dell'Eden di Giverny. Claude Monet, come molti di noi, non voleva aspettare di raggiungere il Paradiso in cielo, e lavorò instancabilmente per crearne uno in terra, una chimera che a volte sembrava irraggiungibile.

«Sto inseguendo un sogno… voglio l'impossibile… ritrarre uno specchio d'acqua sul quale galleggiano piante… è meraviglioso da vedere ma esasperante da rendere…»

Cosí raccontava agli amici e ai mercanti d'arte che andavano a trovarlo e che lui accompagnava nella consueta passeggiata in giardino, cerimonia immancabile che di solito avveniva dopo un sontuoso pranzo annaffiato da vini pregiati nella sala dalle pareti giallo canarino adornate dalla celebre collezione di stampe giapponesi.

Le poche foto di Monet lo ritraggono fra le sue amate piante, un cappello di paglia a proteggerlo dal sole, la lunga barba bianca e l'eterna sigaretta fra le labbra. Sullo sfondo si intravede il ponticello in stile giapponese che aveva fatto costruire per incorniciare lo specchio d'acqua invaso dai fiori.

Dipingere le ninfee era diventato un'ossessione artistica che lo aveva spinto a ingaggiare un duello amoroso con questi soggetti eterei e volubili, fantasmi che seguitavano a sfuggirgli come un miraggio.

A settantasette anni, provato nel fisico e con gravi problemi alla vista, Claude Monet si concentra su dodici tele giganti di quattro metri per due installate sopra cavalletti mobili per facilitare gli spostamenti.

Le chiama *Grande Décoration*, ma potrebbe definirle anche *Mon Paradis*. Piú che quadri, sono distese immense di pittura. Ritraggono l'angolo preferito del giardino da lui curato con dedizione ordinando decine e decine di ninfee al vivaio Latour-Marliac, il primo e piú acclamato ibridatore francese di questa varietà esotica che non sempre si acclimata con docilità nel laghetto di Giverny. Ogni fallimento provoca ansie e turbamenti all'umore del Maestro: ne è testimone il fitto carteggio con il vivaista, costretto a rispedire in fretta nuove ninfee per rimpiazzare le perdite e non interrompere la febbrile attività di Monet.

L'opera, una volta terminata, avrà bisogno secondo l'artista di due sale ovali di almeno cinquantacinque metri di lunghezza per un diametro di diciotto: nessuno ha mai osato tanto, lo Stato francese è pronto a esaudire ogni suo desiderio pur di esporre quella meraviglia. In realtà, i funzionari sono sempre piú preoccupati dalle dimensioni che l'insolito Paradiso sta assumendo. I rari testimoni che hanno la fortuna di vederlo via via svilupparsi rimangono abbagliati e riferiscono che, circondati da quei dipinti monumentali, si ha l'impressione di essere proiettati nell'alba della nascita del mondo: «L'illusione di un tutto senza fine, di un'onda senza orizzonte e senza rive».

Nei lunghi anni del Primo conflitto mondiale, Monet continua frenetico a dipingere le sue ninfee immerse nell'acqua e baciate da un riverbero di mille colori, il cuore in pena per la Francia in guerra e per il figlio Michel al fronte. Dipinge senza posa nel suo atelier e, fedele al credo impressionista, anche all'aperto, scegliendo le ore del giorno in cui la luce non gli ferisce gli occhi già provati dalla malattia. Non si ferma nemmeno quando tutti gli consigliano di fuggire e mettere al riparo i quadri, perché il nemico è ormai alle porte. Il terribile cannone tedesco chiamato *le Supercanon* bombarda la vicina Parigi con tale furore che i colpi fanno tremare le fronde dei salici, che si piegano sul suo stagno. Ma l'artista non abbandona l'amato giardino: «Per quanto mi riguarda rimarrò qui, malgrado tutto, e se quei barbari vogliono uccidermi, morirò tra le mie tele, davanti all'opera di tutta la mia vita».

Quelle ninfee, le sue «Fate» come le chiama lui, da un'ossessione personale si sono trasformate in una vera e propria «opera di guerra», un'arma di resistenza che oppone la bellezza all'orrore della distruzione e della morte. Monet si ricorda quel che hanno fatto i prussiani delle pitture di Pissarro durante l'occupazione del 1870 e difenderà a ogni costo il proprio lavoro, che nel frattempo si moltiplica a dismisura come un'interminabile tela di Penelope. L'imponente creazione sta diventando la sua sfida impossibile, e Monet, mai sazio, aggiunge dipinti su dipinti per completare quel panorama poetico e irreale fatto di luce, acqua e fiori in cui lo sguardo, perdendosi, scopre l'essenza stessa della vita.

Una volta terminata la guerra, quando l'impresa sembra ormai giunta al termine, la volontà dell'artista subisce una battuta d'arresto dovuta principalmente alle precarie condizioni degli occhi, che nonostante i diversi interventi non gli permettono piú, a suo dire, di «dominare i colori». Ma è forse proprio quello che lui considera un ostacolo a regalare agli ultimi lavori una gamma cromatica cosí originale.

La data di consegna si avvicina sempre di piú, e il pittore rimanda dichiarando perentorio che la *Grande Décoration* non è ancora finita, ha sempre bisogno di quel tocco decisivo che lui però non riesce piú a imprimere. La sua insoddisfazione è proverbiale, e molti temono che, in un accesso di rabbia e di sconforto, possa sfregiare o bruciare i quadri come ha fatto tante altre volte. Ma la realtà è un'altra. Monet fa fatica a separarsi dal suo Paradiso, e in qualche modo è convinto che la dipartita dell'opera da Giverny avrebbe coinciso con la fine della propria vita.

«Forse, quando sarò morto, troverò piú accettabili le loro imperfezioni, – confessava serafico agli amici. – Allora meglio aspettare ancora un po' e godere della loro compagnia».

Solo due settimane dopo la sua morte, avvenuta a ottantasei anni il 5 dicembre del 1926, le tele della *Grande Décoration* vengono trasportate a Parigi e collocate nelle due sale ellittiche del Museo dell'Orangerie costruite appositamente per accoglierle. In totale, novanta metri di dipinti: un paesaggio d'acqua delimitato da ninfee, rami di salici, riflessi di alberi e di nuvole. Un gigantesco Paradiso definito dagli storici dell'arte «la cappella Sistina dell'impressionismo».

Se avesse potuto, Claude Monet avrebbe portato volentieri le sue ninfee nell'aldilà, dove ci auguriamo abbia trovato ad accoglierlo un Eden altrettanto incantevole. In caso contrario, siamo certe che Dio gli abbia permesso di mettere mano ai pennelli per ridipingerlo da capo.

In fondo, due magnifici giardinieri non possono che intendersi alla perfezione.

2.

Nella casa di campagna c'era un salotto appartato, con una porta-finestra sul giardino dove nel pomeriggio si prendeva il tè. Un ambiente affrescato con scene di natura idilliaca che ti avvolgevano appena entravi, quasi fossi capitato in un fitto boschetto abitato da farfalle e fringuelli svolazzanti. Perfino il divano e le poltroncine erano tappezzati con stoffe dai motivi floreali, e le suppellettili scelte per quell'ambiente eccentrico seguivano il tema bucolico. In famiglia veniva chiamato «il salottino a fiori», un simulacro di giardino dove tutto era fiorito senza bisogno di annaffiare, proprio come nel Paradiso terrestre.

Ai bambini era proibito giocare lí, la stanza era riservata ai grandi e soprattutto alle donne di casa, anche se nonna non era una signora da tè e biscottini e preferiva piuttosto sorseggiare qualche liquore dolce quando invitava le amiche per stracciarle a canasta. Il suo talento era notorio: la contessa Enrica non giocava semplicemente a carte, lei era la regina della canasta. Mia sorella maggiore mi ha rivelato che l'enorme borsa di coccodrillo da cui nonna estraeva squisite caramelle al miele per noi ragazzini l'aveva vinta al gioco, un piccolo scandalo che veniva sussurrato a mezza bocca per non farsi sentire dalla servitú.

Quell'harem lussureggiante era forse un capriccio estetico che la nonna aveva voluto per contrastare l'austerità della casa concepita dal marito, il quale prediligeva lo stile nobiliare di campagna con mobili in legno scuro dalle zampe leonine e grandi camini in marmo che incutevano soggezione. Il salottino a fiori, invece, era un'oasi incantata al di fuori dei rigidi canoni di quella aristocrazia papalina che solo gli uomini potevano trasgredire, scegliendo a piacere di essere sfacciati, ironici, bellimbusti e donnaioli, all'occorrenza cattolici e baciapile, o – se serviva – menefreghisti e fascisti.

Nonna Enrica non aveva sangue blu, era l'unico quarto irregolare nello stemma di famiglia. Era ebrea, e anche se si era convertita al cattolicesimo per amore, restava un'abusiva come il suo salottino, e cosí mi sarei sentita anch'io negli anni a venire. Sarà per questo che la stanza a fiori della villa di campagna era la mia preferita, ed è stato proprio lí che, appena sedicenne, mi sono fatta di nascosto la prima canna, in un'estate solitaria che mi vedeva reclusa in quella prigione contro la mia volontà. Passata l'innocenza dell'infanzia, era rimasta soltanto l'oppressione della famiglia con i suoi precetti antiquati, e le ortensie non mi commuovevano piú. Sognavo di essere a Woodstock insieme ai miei coetanei piú fortunati, e soprattutto liberi di viaggiare. E ascoltando come canzone guida *She's Leaving Home* dei Beatles, che narrava la fuga di un'adolescente da casa, immaginavo le mie future esplorazioni in paesi lontani dove finalmente avrei scoperto il mondo da sola.

Allora non sapevo che tante generazioni di donne prima di me avevano coltivato lo stesso desiderio proibito. Avventurarsi fuori dalle quattro mura familiari in totale autonomia è sempre stato vivamente sconsigliato alle ragazze perbene, lo era ancora negli anni Sessanta, impensabile alla fine del Settecento. Eppure la disobbedienza di Eva aveva fatto scuola, e sarebbe bastato addentare un'altra mela o inseguire un fiore sconosciuto per sovvertire le regole senza chiedere il permesso.

È l'alba. Sulla costa atlantica francese il mare ruggisce minaccioso. Siamo in un lontano autunno del secolo dei lumi, e provo a immaginare l'atmosfera delle città portuali invase dall'olezzo di pesce marcio che pervade ogni angolo di strada, mentre brutti ceffi in maniche di camicia si aggirano speranzosi in cerca di un imbarco dell'ultimo minuto.

Due grandi velieri attendono impazienti agli ormeggi. Uno è a Nantes e l'altro a Rochefort, ma fanno parte della stessa flotta capitanata dall'ammiraglio Louis-Antoine de Bougainville. Si chiamano *La Boudeuse* e *L'Étoile*, «La Scontrosa» e «La Stella», due nomi che all'epoca definiscono bene il mondo femminile agli occhi degli uomini, ma guai anche solo a nominare una donna a un lupo di mare. È noto che per i marinai le donne a bordo portino sfortuna, e se superstizioni come questa si ripetono nel tempo finiscono per diventare legge. In Francia, infatti, il regolamento della marina di allora ne vieta tassativamente la presenza sulle navi. A meno che non siano intagliate nel legno e inchiodate a prua con le tette al vento. Ma la storia che sto per raccontarvi non è quella di una polena.

Sull'*Étoile* e sulla *Boudeuse* si imbarcano solo uomini, trecentotrenta per la precisione, brutti, sporchi e alcuni pure abbastanza cattivi; ma obbediscono come agnellini agli ordini dell'ammiraglio Bougainville, un militare deciso come il suo naso e già famosissimo. Lo dimostra la giacca pluridecorata della divisa che indossa fiero scrutando l'oceano, lo sguardo adombrato da una sottile preoccupazione. Se non vuole perdere la faccia e le medaglie collezionate fino a quel momento, deve conquistare nuove colonie per il re di Francia, Luigi XV, che da sempre compete con Spagna, Inghilterra e Portogallo in una gara di avidità per spartirsi il grande bottino del colonialismo mondiale.

Bougainville non ama la vita di corte, piú adatta ai cicisbei che agli uomini di mare, ma era stato costretto a sfoggiare la sua migliore parrucca incipriata per farsi ricevere tra i lussi scintillanti di Versailles. Attirare l'attenzione del re, ancora depresso per la morte della favorita Madame de Pompadour, era stata per l'ammiraglio un'impresa piú ardua che affrontare una tempesta oceanica, ma puntando sull'orgoglio nazionale era riuscito a vincere la partita. In quel momento la Francia è l'unico Stato – al contrario dei rivali – che non ha ancora circumnavigato il globo con le sue potenti navi, una pecca che rischia di oscurare l'immagine del sovrano già appannata dalla Guerra dei sette anni. Con queste argomentazioni inoppugnabili e una parlantina spumeggiante, l'ammiraglio aveva conquistato la sua flotta e la benedizione reale.

Bougainville è un militare tutto d'un pezzo, ma crede fermamente nel progresso e nella scienza. Per questo tra quei marinai semianalfabeti ci sono anche degli emeriti studiosi, chiamati a scoprire quante piú novità possibili in quella parte di mondo ancora sconosciuto, oltre lo stretto di Magellano, nell'immenso oceano Pacifico. Se fosse andata male con le colonie, Luigi XV avrebbe potuto intitolarsi qualche isoletta sperduta o appuntare un fiore esotico sulla scollatura di Madame du Barry, la nuova favorita che, di lí a poco, gli avrebbe restituito il sorriso.

E cosí a bordo dell'*Étoile*, insieme alla ciurmaglia, ci sono l'astronomo Pierre-Antoine Véron, che osserverà il cielo, e il botanico Philibert Commerson, che si concentrerà sulla terra. Commerson non è piú un giovincello ma ha un pedigree importante: ha lavorato con il celebre botanico svedese Carlo Linneo, ed è amico intimo di personaggi di «poco conto» come la regina di Svezia e Voltaire, il filosofo francese che aveva dichiarato con enfasi: «Se questo è il migliore dei mondi possibili, gli altri come sono?» Forse peggiori, ma Commerson, nonostante un cronico mal di schiena e una vista non proprio d'aquila, è pronto a scoprirlo. Soprattutto vuole entrare a pieno titolo nell'Accademia delle Scienze di Francia, che finora si è rifiutata di riconoscere la sua grandezza, ed è sicuro che questo avventuroso viaggio attorno al mondo li farà ricredere. Il botanico è considerato un passeggero cosí importante da avere il permesso di caricare a bordo pesanti casse piene di libri, catalogatori, aggeggi misteriosi da *mad doctor* e addirittura un assistente. Ecco, fra tutte le cose strane che il vecchio studioso imbarca il 1° febbraio del 1767, la piú strana agli occhi dell'equipaggio è il suo aiutante; un adolescente magro, inquieto, che non apre bocca e del marinaio ha soltanto la maglietta a righe e il berretto, ma nella confusione della partenza nessuno ci fa caso.

Bougainville è già salpato con *La Boudeuse*, non ha voluto attendere che l'*Étoile* fosse pronta per la traversata. Che si sbrighino, lui non può aspettare. I due velieri si ricongiungeranno in Brasile, ma ci vorranno tre mesi per raggiungerlo dalla Francia e per ora davanti all'equipaggio c'è solo lo spettacolo dell'oceano, acqua in ogni direzione, il sole come unica bussola e il vento che scompiglia e disperde i pensieri piú segreti.

All'inizio tutto scorre tranquillo, ma Commerson, che è un intellettuale e di conseguenza molto delicato, soffre terribilmente il mal di mare. Per questo suo, diciamo, handicap il botanico ottiene che l'assistente gli resti accanto giorno e notte, addirittura dividendo la stessa cabina.

I marinai cominciano a chiacchierare, in fondo non ci sono tante distrazioni in mare aperto, e finiscono per prendere di mira il ragazzetto che sta quasi sempre sottocoperta agli ordini di quel vecchio matto del botanico. Ma che faranno?

Mica potranno catalogare stupide piante dal mattino a notte fonda? Chissà cosa nasconde questo Jean Baret, cosí si chiama l'assistente, ed è l'unica cosa che i marinai sono riusciti a scoprire di lui. Il ragazzo non si mischia all'equipaggio durante la cena, non lo si è mai visto masticare tabacco sul ponte né sputare in mare controvento, che è uno dei pochi divertimenti concessi alla ciurma. Alcuni pensano che sia muto, altri ritardato. A ben riflettere, a nessuno è mai capitato di vederlo a torso nudo o usare i buchi sul ponte fatti apposta per i bisogni personali, teatro di lazzi e scenette sgangherate. Insomma, Jean è un tipo strano, non dà confidenza, non fa amicizia e preferisce vivere in segreta simbiosi con il proprio maestro. Il Settecento è il secolo della conoscenza, ma di Jean Baret non si sa nulla.

A bordo dell'*Étoile* c'è anche un chirurgo, François Vivès, un bell'uomo sulla quarantina dai baffi pettinati col grasso di balena, annoiato a morte dalla monotonia della vita marinara. Non sopporta Commerson e i suoi privilegi. È lui il primo a insinuare che botanico e assistente se la intendano, o forse, peggio, che tramino qualcosa.

La vicenda si fa piú complicata quando le navi raggiungono l'equatore, e cioè appena l'equipaggio si lascia andare al *crossing the line*: un'antica tradizione marinaresca, una specie di selvaggio rito di iniziazione in uso fino al XIX secolo in cui i *pollywogs*, i marinai novizi, venivano sottoposti a una serie di prove degne delle piú cruente ordalie medioevali. Legati nudi all'albero maestro, erano allegramente seviziati con secchiate d'acqua gelata e coltellate di striscio. Impossibile astenersi se volevi dimostrarti degno della mitologica corte di re Nettuno.

Alla vista dell'equatore, un gruppo di marinai, capitanato dal dottor Vivès, cattura Jean, lo mette sotto torchio e gli slaccia i pantaloni. Vogliono vedere con i loro occhi, sapere una volta per tutte se Jean è un uomo o – tragedia! – una donna. Il giovane, sconvolto, cerca di divincolarsi ma c'è troppa confusione, troppo alcol che scorre nelle vene, e allora è costretto a confessare.

– Non toccatemi! Sono un eunuco, – dice con un filo di voce.

– Eu... che?

I marinai si scambiano uno sguardo perplesso. Nessuno vuole ammettere di non conoscere il significato di quella strana parola, e Jean decide di raccontare loro una storia incredibile.

– Sono stato rapito da pirati turchi, e poi sono arrivato, non so come, alla corte del sultano. Lí fui messo a guardia del suo harem e, per non cadere in tentazione, mi hanno costretto a subire la barbara pratica... dell'asportazione dei testicoli.

– *Mon dieu!* – gridano i marinai con ribrezzo, già pronti a darlo in pasto ai pescecani.

Il dottor Vivès, dall'alto della sua cultura enciclopedica, calma gli animi e, citando a memoria il *Trattato sugli eunuchi* del 1707, spiega per filo e per segno la delicata operazione di castrazione alla ciurma esterrefatta, che segue la lezione inscenando il gesto apotropaico piú celebre al mondo. Un omaccione tatuato, nell'udire pronunciare la parola «scroto», cade a terra svenuto. Vivès conclude la dotta dissertazione dicendo che l'unica possibilità di riscatto per un eunuco è la fedeltà assoluta al proprio padrone; ecco perché Jean è cosí dedito a Commerson. Praticamente, uno schiavo.

Stupiti ma convinti da quell'aneddoto sciocçante, i marinai smettono di borbottare ed evitano il ragazzo come la peste.

Dopo la rivelazione, Jean torna in cabina tutto tremante. Avrebbe tanta voglia di farsi un vero bagno. Si toglie la camicia davanti al piccolo specchio della toletta e osserva l'intricata trama di bende che tiene nascosta da mesi. Sgancia la spilla e inizia a liberarsi da quella prigione soffocante che mozza il fiato. Piano piano riprende a respirare, e quando anche l'ultima striscia di lino cade ai suoi piedi, osserva i seni piccoli e sodi, e i fianchi stretti, come li vedesse per la prima volta. Dopo tanti mesi di travestimenti e lavori pesanti, quasi non riconosce il proprio corpo. La pelle si è fatta piú spessa e brunita dal sole. Sorride. Jean è in realtà una donna, non bella, non ricca, ma padrona di sé stessa, anche nella menzogna.

Jean, anzi, Jeanne Baret nasce in Borgogna nel 1740, figlia di umili braccianti. Rimane vedova giovanissima e viene assunta come governante nella casa di Philibert Commerson. L'intelligenza e la curiosità della ragazza per il mondo vegetale conquistano il cuore del datore di lavoro, che come pegno d'amore le svela tutti i segreti del regno delle piante.

In realtà Jeanne conosce già molte specie vegetali e i loro effetti curativi. Come tante donne di estrazione contadina, aveva ricevuto un'educazione botanica fuori delle accademie, una conoscenza secolare tramandata sul campo di madre in figlia, che nei secoli ha reso le donne scienziate in incognito e guaritrici ufficiali delle loro comunità. Ma questo potere – che dai piú ignoranti era considerato una pericolosa magia – le ha spesso condannate a morte con l'accusa di stregoneria. Al contrario dei suoi contemporanei, Commerson non è spaventato dal talento di Jeanne, e non può che provare una sincera ammirazione per le qualità della propria assistente. La ragazza è una vera cacciatrice di piante, intraprendente e appassionata, e quando il botanico riceve il prestigioso incarico sulla nave di Bougainville, è proprio lei a convincerlo a portarla con sé, travestita da uomo. Jeanne possiede un grande spirito d'avventura, ha sempre sognato di viaggiare ed è decisa, contro ogni regola, a diventare la prima donna a circumnavigare il globo.

È un'occasione unica, e chi meglio di lei può aiutare l'anziano Commerson in questa straordinaria missione scientifica? Nessuna ragazza ha mai osato tanto ma qualcuna dovrà pure prendersi la briga di cambiare la storia, e Jeanne non vede l'ora di sentire sulla propria pelle il vento salmastro dell'oceano. È quello il Paradiso che sta cercando, ed è pronta a tutto pur di conquistarlo.

Quando finalmente i due velieri si ricongiungono in Brasile, ogni preoccupazione sembra svanire. Charles Darwin, che visiterà Rio de Janeiro molti anni dopo la spedizione di Bougainville, scriverà nel suo diario: «Ogni forma e ogni ombra del paesaggio che si gode da qui, supera per magnificenza ciò che l'europeo ha mai visto nel proprio paese». È una terra meravigliosa, ricca di profumi e colori, popolata di una miriade di piante sconosciute.

Jeanne ne è affascinata, tutto è nuovo e attraente per la giovane viaggiatrice in incognito. Ma Commerson, purtroppo, non può camminare a causa dell'aggravarsi di una vecchia ferita alla gamba, e cosí la giovane è costretta a scendere a terra senza di lui. Alla ragazza non dispiace restare da sola. Travestita da uomo, carica di quaderni e pesanti catalogatori, attraversa spiagge assolate e palmeti lussureggianti, si inerpica per colline ripide alla ricerca di ogni nuova specie degna di nota.

Ed è in un pomeriggio illuminato dal piú cocente sole tropicale che Jeanne fa una scoperta eccezionale. Rosso come una fiamma sospesa tra le rocce, attorno alla quale ronzano, ubriachi di polline, piccoli colibrí fluorescenti… è cosí che appare ai suoi occhi uno splendido fiore esotico. Jeanne è catturata da tanta bellezza. Il fusto ricorda quello di una vite ed è forte e affusolato, le tonalità delle ghirlande, dal rosso al malva, sono rese piú intense dal minuscolo fiore bianco che nasce all'interno di ogni corolla, candido come una pupilla. Un campione di quella rarità finisce subito nel catalogatore per essere mostrato a Commerson, e il cuore di Jeanne batte forte.

Il cuore di chi ama le piante non mente, sa quando si imbatte in qualcosa di importante e già pensa a come trapiantarlo nella terra del proprio paese, a come fiorirà sano e forte la primavera successiva e, soprattutto, a quale nome gli darà. Ecco, dare il nome a una nuova specie non è affare da poco; è un onore, una responsabilità, può diventare un lasciapassare per importanti privilegi e magari, perché no, per l'eternità. Ovviamente non è Jeanne a poterlo decidere, ma Commerson; che, rapito dall'originalità del fiore, con un pizzico di piaggeria lo battezza con il nome dell'ammiraglio, sperando di ingraziarsi per sempre la sua benevolenza.

Nasce cosí la bougainvillea. Che sinceramente – a mio avviso – avrebbe dovuto chiamarsi «la jeanne», ma questa è un'altra antica storia di mancati riconoscimenti al talento femminile.

Con la scoperta di quel meraviglioso rampicante, Commerson spera di ottenere l'agognata consacrazione dall'Accademia francese delle scienze. Mentre l'ammiraglio Bougainville già vede i giardini di Versailles tingersi di rosso grazie al fiore che porta il suo nome, ed è grato al botanico di bordo.

Il giorno dopo si riparte, diretti allo stretto di Magellano, e poi verso il Pacifico e la miriade di isole che, Jeanne ne è sicura, riserveranno molte sorprese.

Il viaggio nell'oceano è lungo, piú impervio del previsto. L'aggravarsi della gamba di Commerson rende tutto piú complicato. Jeanne prepara impacchi e decotti con i baccelli della bougainvillea per contrastare la cancrena, e riporta sul quaderno del proprio mentore i loro effetti benefici.

In alcune pagine ricche di annotazioni preziose sul viaggio, la mano di Jeanne è piuttosto evidente. Non solo perché la grafia è diversa, ma per l'uso di parole e forme espressive popolari e moderne, nettamente differenti da quelle ampollose utilizzate da Commerson nel resto del diario. Lo so perché l'appassionato botanico che mi ha fatto conoscere questa storia ha avuto modo di consultare i preziosi scritti conservati nel museo del Jardin des Plantes a Parigi, luogo certamente paradisiaco che frequento appena sono in città. Ed è in una delle enormi serre di quel giardino che l'ho incontrato, mentre prendeva appunti davanti a una fioritura spettacolare di tillandsia cyanea. I botanici non sono loquaci, ma se stuzzicati si rivelano dei parlatori instancabili anche sotto una cappa di vetro con una temperatura subtropicale che toglie il respiro. Il giovane studioso mi ha elencato con dovizia di particolari l'immensa quantità di piante catalogate da Jeanne e Commerson durante la spedizione, e sudando abbondantemente abbiamo ripercorso il periplo del mondo insieme ai velieri di Bougainville, che nel frattempo, dopo giorni di navigazione, sono arrivati a Tahiti.

La perla della Polinesia è da sempre sinonimo di Eden, tanto che l'ammiraglio, appena sbarcato sull'isola, annota sul diario di bordo: «Pensavo di essere stato trasportato nel Giardino dell'Eden». E anche oggi, nonostante sia invasa da resort a venti stelle, piste di atterraggio sulle spiagge e negozi di chincaglierie, si difende ancora bene. Ma all'epoca Tahiti era considerata un vero «mondo nuovo» da qualsiasi europeo. In quell'angolo di Paradiso, Commerson ritrova le forze e inizia una proficua immersione negli usi e nei costumi locali. Jeanne è sempre con lui, fedele nel registrare ogni preziosa scoperta del maestro e il suo crescente amore per i tahitiani; un popolo che Commerson definisce puro, semplice, libero da sovrastrutture e dalla moralità europea. Una visione quasi idilliaca che contribuirà ad avallare lo stereotipo del «buon selvaggio» che tanto successo avrà nel vecchio continente, convincendo molti artisti a stabilirsi in quest'oasi incantata come farà Paul Gauguin un secolo piú tardi: «Qui la civiltà mi sta lentamente abbandonando. Comincio a pensare con semplicità, a non avere piú odio per il mio prossimo, anzi, ad amarlo», scrive il pittore stregato dall'isola, convinto, come tanti prima e dopo di lui, che Tahiti possegga un potere miracoloso.

Ma non per tutti è cosí. Un pomeriggio, mentre Commerson è in visita a un capotribú, Jeanne ne approfitta per cercare una spiaggia riparata dove fare un bagno in solitudine. Sono mesi che non ha un momento di pace, vuole abbandonare i panni del piccolo assistente del botanico e tornare a essere Jeanne Baret.

Si spoglia assaporando il tepore del sole sulla pelle, poi si immerge lentamente nella spuma delle onde placide e chiude gli occhi. Forse sogna la vita come sarà dopo quel viaggio ancora lungo e difficile, quando magari, al ritorno in Francia, lei e Commerson saranno salutati come grandi scienziati.

Mentre si sta godendo un meritato bagno nelle acque cristalline, la giovane è risvegliata da uno strano suono. È un coro maschile, un inno primitivo, una tromba che squilla prima della battaglia, e loro sono tutti lí, i cosiddetti selvaggi, che saranno pure buoni ma non sono certo scemi, e subito si accorgono che è una femmina, ed entusiasti dall'apparizione di quella «venere europea» vorrebbero festeggiare l'incontro con i loro tradizionali rituali amorosi. Ma Jeanne, sebbene emancipata per i suoi tempi, non è pronta per quel tipo di effusioni e scappa a gambe levate, abbandonando i vestiti sulla riva. Quando, trafelata, raggiunge la nave, è completamente nuda, e di fronte agli occhi sbalorditi dell'equipaggio si rivela per quello che è: una donna, giovane e forte. Una donna che per diciotto mesi è riuscita a farsi gioco di trecentotrenta uomini.

Nei carteggi dell'ammiraglio Bougainville, di solito molto dettagliati, c'è solo una piccola traccia della scoperta del vero sesso di Jeanne, ma è comprensibile; trasportare a bordo una donna violava il regolamento navale francese e l'ammiraglio non voleva certo rimanere coinvolto in un'inchiesta, altrimenti addio encomi, titoli e onori.

Al momento di salpare di nuovo, Jeanne Baret è trasferita sulla *Boudeuse* e rinchiusa in cabina senza possibilità di contatto con gli altri passeggeri. Commerson è sottoposto a un severo interrogatorio e confessa di essere l'amante di Jeanne, ma giura di non sapere che lei si fosse imbarcata sotto mentite spoglie: «Non l'avevo proprio riconosciuta, vestita cosí!» Naturalmente nessuno gli crede, e la coppia viene fatta sbarcare in fretta e furia alla tappa successiva.

L'8 novembre 1768 le navi attraccano all'Île de France, l'odierna isola di Mauritius, nell'oceano Indiano, e Jeanne e Commerson sono abbandonati al loro destino. Non è andata cosí male: l'isola è uno scrigno di piante e fiori ancora inesplorato, e i due cominciano una nuova vita di scoperte e perlustrazioni botaniche, una prospettiva di sicuro piú allettante che affrontare un processo in Francia.

Jeanne studia e ispeziona palmo a palmo le Mauritius e poi la vicina isola della Réunion, il lussureggiante Madagascar e le paradisiache Seychelles. Qui trova esemplari di un'ortensia di origine giapponese che mia nonna avrebbe fatto carte false per avere, e soprattutto il leggendario albero del cocco di mare, da cui nasce un frutto dalle fattezze sensuali che per alcuni rappresenta il vero frutto proibito del Paradiso terrestre. Fino ad allora si pensava che germogliasse nel fondo degli oceani, ed è la giovane cacciatrice di piante a svelare il mistero della sua origine.

Jeanne e Commerson lavorano senza sosta e in pochi mesi raccolgono e catalogano ogni meraviglia del mondo animale e vegetale. E quando lui, sempre piú malandato, muore nel 1773, i campioni raccolti sono ben seimila e le nuove specie classificate piú di tremila. Commerson dà il proprio nome ad almeno settanta tra fiori, animali e pesci, mentre a Jeanne, la sua «amazzone» come la chiamava lui, dedica una sola piantina non troppo appariscente, che poi si scoprirà essere già stata classificata da Linneo.

Dopo la morte del suo mentore, Jeanne rimane sola alle Mauritius, senza una pianta dedicata né un sostegno economico che possa permetterle di continuare l'avventura iniziata con il botanico. Fedele al proprio spirito battagliero, si rimbocca le maniche e decide di gestire una taverna al porto, dove tra una birra calda e un bicchiere di acquavite locale trova un nuovo marito. Ora è lei a gestire il gioco di coppia, ed è lei a decidere di tornare in Francia, fiera degli abiti femminili e delle trentaquattro casse di classificatori e documenti che attestano le incredibili scoperte accumulate nel lungo sodalizio con Commerson. Speranzosa, le consegna all'Accademia francese delle Scienze sicura di ottenere, finalmente, un riconoscimento per l'immenso lavoro scientifico. E in effetti l'encomio arriva, ma per Commerson! Lo studioso viene immortalato negli annali della scienza come uno dei piú importanti botanici francesi, mentre per Jeanne non è prevista nemmeno una stretta di mano.

D'altronde, potrebbe mai una donna aver realmente aiutato il progresso? Anche oggi si fatica a riconoscere i meriti delle ragazze che intraprendono le materie scientifiche, figuriamoci nel Settecento. Oltretutto stiamo parlando di una donna che, fingendosi uomo, ha infranto la legge francese.

«*Jamais!*», hanno gridato in coro gli austeri accademici. Ma anche gli intellettuali piú illuminati non sono stati da meno. Proprio in quegli anni, nell'opera *Emilio o dell'educazione*, il «rivoluzionario» Jean-Jacques Rousseau dettava i seguenti precetti per l'istruzione delle giovani fanciulle:

> Tutta l'educazione delle donne dev'essere in funzione degli uomini. Devono piacere e rendersi utili a loro, farsene amare e onorare, allevarli da piccoli, averne cura da grandi, consigliarli, consolarli, rendere loro la vita piacevole e dolce: ecco i doveri delle donne in ogni età della vita, e questo si deve loro insegnare fin dall'infanzia.

Nonostante sia stato il secolo dei lumi, il Settecento non ha certo illuminato l'ingegno femminile. Ma una ragazza intrepida come Jeanne, che ha trascorso diciotto mesi su una nave travestita da uomo fra marinai violenti, tentativi di stupro, intrighi e scorbuto, una che non ha avuto paura di attraversare il mondo inseguendo un sogno, una donna cosí, può farsi dire cosa fare da un gruppo di polverosi parrucconi incipriati? Non è possibile. E infatti Jeanne lotta per vedere riconosciuti i propri diritti, e ricontatta impavida l'ammiraglio che portava il nome del piú bel fiore che aveva scoperto.

Al suo ritorno in Francia, quattro anni prima, Louis-Antoine de Bougainville era stato accolto come un eroe. Il suo diario *Voyage autour du monde* ebbe un tale successo editoriale che spinse Voltaire a imparare il tahitiano e a maledire gli acciacchi dell'età che gli impedivano di affrontare il lungo viaggio per l'isola lontana. Quando l'ammiraglio incontra Jeanne, si meraviglia di ritrovarla sana e salva. E forse perché si sente in colpa per aver abbandonato i due passeggeri in mezzo all'oceano, accetta di perorare con lealtà la sua causa con il re Luigi XVI, appena succeduto al padre morto di vaiolo. Il nuovo sovrano è benevolo, e anche se non ha mai mostrato molto interesse per l'intelletto femminile, risponde graziosamente alle sue suppliche dichiarando che Jeanne Baret, «donna straordinaria», grazie a un travestimento

> circumnavigò il globo su uno dei vascelli comandati da Bougainville, si dedicò in particolare ad assistere Commerson, dottore e botanico, e condivise con grande coraggio il lavoro e il pericolo di costui [...] e il suo comportamento fu sempre esemplare, come riconosciuto dallo stesso Bougainville.

Diciamo che a essere riconosciuto è il lavoro di cura di Jeanne Baret. Insomma, è stata premiata piú come badante di Commerson che come valorosa scienziata, ma quello che importa è che finalmente si vede offrire un riconoscimento ufficiale e addirittura una pensione fino alla sua morte, avvenuta nel 1807. È la prima donna in Francia a ricevere un simile onore, e nemmeno Robespierre, nel periodo del terrore rivoluzionario, oserà toglierle questo privilegio.

Il giovane botanico che mi sta raccontando la storia all'interno della serra tropicale del Jardin des Plantes a questo punto è cosí commosso che mi sembra di vederlo piangere. O forse è solo molto sudato, è piú di mezz'ora che siamo sottovetro imbacuccati nei cappotti invernali, e comincio ad avere delle allucinazioni: mi sembra che tra le felci giganti faccia capolino l'incantatrice di serpenti del quadro omonimo di Henri Rousseau detto il Doganiere. Lo accenno scherzando al mio nuovo amico, e lui mi dice che è possibile visto che il pittore veniva proprio qui a cogliere l'ispirazione per dipingere le proprie selve intricate.

Prima che inizi a raccontarmi anche quest'altra storia, lo abbandono per evitare un collasso e con gli occhiali appannati varco la soglia dei tropici. Mi ritrovo catapultata nel severo inverno parigino, un'escursione termica che forse pagherò cara ma ne è valsa la pena.

Ora che conosco l'epopea di Jeanne Baret, ogni volta che scorgo un esemplare fiorito di bougainvillea – pianta generosa ormai naturalizzata nel nostro continente, tanto da diventare quasi infestante nelle villette sui lungomari – mi torna in mente la giovane avventuriera che l'ha scoperta.

E pensare che mia nonna non ne ha mai voluto un esemplare nel suo giardino perché la riteneva una pianta banale. Sono però sicura che se avesse conosciuto la storia di Jeanne, avrebbe di certo ridipinto il salottino a fiori in suo onore.

3.

Per quietare la paura della morte, credenti o no, a tutti piace pensare che esista un Paradiso dove le persone che abbiamo amato o anche soltanto ammirato finalmente s'incontrino per chiacchierare in libertà, appollaiate fra le nuvole.

È un pensiero rassicurante e scaramantico, e sono convinta che persino i piú laici tra noi siano d'accordo con lo scrittore Julian Barnes quando afferma: «Non credo in Dio, però mi manca», e pur non appartenendo ad alcuna religione e non seguendo nessuna liturgia, non possano fare a meno di fantasticare su una vita ultraterrena come fosse la vacanza perfetta che non sono ancora riusciti a prenotare.

Nel giudizio universale che tutti noi ingenuamente immaginiamo, parenti e amici passati a miglior vita affollano una moltitudine di soffici nembi e ci osservano dall'alto con sguardo benevolo, purtroppo non sempre pronti come vorremmo a esaudire le nostre insistenti richieste d'aiuto perché distratti da conversazioni celestiali. Non credo ci sia niente di piú desiderabile della possibilità di trascorrere l'eternità in compagnia di anime belle, scelte per elezione, senza incorrere nel fastidio di noiose interruzioni da parte di scocciatori di professione come avviene a ogni piè sospinto sulla Terra. A suffragare il quadro speranzoso di un Eden festaiolo, un amico – sulla cui lucidità mentale non posso mettere la mano sul fuoco – mi ha riferito che, durante un concerto dei Doors, sentí arrivare dal palco queste parole: «Ci vedremo in cielo, al grande concerto rock. Là sarò tuo fratello nell'allegria e nella libertà». Secondo lui le aveva declamate Jim Morrison, che di sicuro se la starà spassando in qualche galassia lontana insieme a tutte le mitiche rockstar che ormai sono piú nell'aldilà che nelle hit-parade. Ma per gli spiriti piú contemplativi non mancherà di certo una zona piú tranquilla tipo l'area silenzio nei Frecciarossa: cosí dovrebbe essere il Paradiso di Elsa Morante, o almeno è cosí che lo descrive in una meravigliosa poesia Patrizia Cavalli, una delle poche persone ammesse in questo luogo bucolico pieno di gatti e senza beati.

> Ce ne stavamo lí, tranquilli, a chiacchierare,
> le voci liete, senza mai un'asprezza
> – persino Elsa teneva basso il tono –
> le facce buone buone, intese a dimostrarsi ospiti
> all'altezza del posto e del regalo.

Ma credo che, nonostante l'immensa ammirazione per la sua mentore, la poeta Cavalli, come ammette nei propri versi, avrà sconfinato in altre costellazioni per godere di piaceri piú terreni insieme al cantante dei Doors.

In questa nuova geografia celeste, senza dubbio Fabrizio De André avrà modo di intrattenersi su una nuvola insieme a Hermann Hesse, compagno ideale per ingannare la noia dell'eternità, poeta come lui e soprattutto appassionato di iris ed eccellente giardiniere al pari del cantautore. Lo scrittore tedesco era convinto che nell'arte del giardinaggio si nascondesse qualcosa di presuntuoso, simile al piacere della creazione, l'esercizio di un apprendistato divino in grado di migliorare l'umore e la salute.

L'autore di *Siddharta*, anche se può sembrare in contrasto con il suo misticismo, era in fissa con il concime, indispensabile aiuto per ogni buona riuscita in giardino. Proprio agli effetti prodigiosi dello stallatico il poeta ha dedicato pensieri idilliaci, convinto che con l'impegno, la fantasia ma soprattutto con la giusta dose di letame si potessero trasformare un paio di metri quadrati di nuda terra «in un angolo di Paradiso». La poesia *Il sogno del giardiniere* è un manifesto programmatico di questa filosofia e inizia cosí: «Cosa nasconde nella scatola magica | la fata dei sogni? | Anzitutto una montagna del miglior concime!»

Ne era certo pure Fabrizio De André, impetuoso giardiniere che, come un alchimista d'altri tempi, sperimentava formule magiche mischiando diversi tipi di stallatico ad acqua tiepida, spargendone secchiate sulle aspre terre della Gallura con il sogno di far crescere nel suo Paradiso camelie e azalee, piante refrattarie a quelle latitudini battute dal libeccio. Accanto alle canzoni passate alla storia, il cantautore appuntava su foglietti volanti liste infinite dei nuovi esemplari vegetali che aveva intenzione di piantare nel giardino dell'Agnata, centocinquanta ettari di flora spontanea e coltivata che ancora oggi s'intrecciano poeticamente, proprio come musica e parole.

De André era un contadino rock, e seguendo un bioritmo tutto personale, preferiva la notte all'alba per le attività all'aria aperta. Per fortuna il suo gallo, che non a caso si chiamava Vasco, non osava disturbarlo al sorgere del sole. Mi ha confessato Dori Ghezzi che alla fine Faber faceva fiorire di tutto perché era benedetto dal dio dei giardinieri, nume capriccioso che non si concede a chicchessia, di sicuro non a mia nonna che – per quanto lo invocasse – non è mai riuscita a ottenere una banana nella casa di campagna. Eppure ricordo nitidamente l'odore acre della cacca di gallina che spargeva speranzosa ai piedi dell'alberello incriminato, suscitando il disgusto dell'intera famiglia. In particolare il mio, perché essendo la piú piccola ero costretta a entrare nel pollaio con paletta e secchiello per recuperare il prezioso materiale che poi andava mescolato alla paglia ed essiccato al sole. Mia sorella rimaneva fuori dalla rete con il suo bel vestito a fiori e un sorriso angelico stampato sul volto, tenendomi a distanza come un appestata. Quei maledetti pennuti mi beccavano i piedi, per non parlare del tormento delle mosche, per loro natura attratte da quella poltiglia maleodorante tanto celebrata dai poeti giardinieri.

Sarà per questo che non sopporto le galline – animali brutti posseduti da un animo maligno – e quelle escursioni mi tornano alla mente come una discesa agli inferi, ma la nonna aveva una volontà granitica ed era impossibile contraddirla. Lo so che dai diamanti non nasce niente, ma nemmeno dal letame delle galline, almeno delle galline del nostro pollaio. Però nonna, come ogni giardiniere che si rispetti, era testarda e abbarbicata alle proprie convinzioni almeno quanto Frederic Eden, il gentiluomo inglese che nel 1887, a Venezia, decise di trasformare la terra brulla di un angolo della Giudecca in un Paradiso terrestre. Possiamo dire che, chiamandosi Eden, era di certo un predestinato e non poteva che desiderare la realizzazione di un giardino all'altezza del proprio cognome, ma la scelta del luogo ha reso l'avventura ancora piú affascinante.

Mister Eden era arrivato in Italia alla fine dell'Ottocento, per motivi di salute. Non c'è terapia piú efficace del sole e della bellezza del nostro paese. «Venezia è un posto incantevole per ogni uomo sano o malato», e come tanti *expatriates* giunti da ogni luogo, decise di rimanerci e mettere radici. Eppure, con il tempo, cominciò a sentirsi irrequieto: «I miei occhi erano sazi della sublime bellezza dei palazzi e delle chiese, del cielo e soprattutto del mare». Eden non aveva fatto i conti con la monotonia del paesaggio lagunare, idilliaco come un quadro di Tiziano ma a lungo andare un po' tedioso. La città a forma di pesce si trasformava giorno dopo giorno, sotto i suoi occhi annoiati, in uno stagno soporifero di grigi e di rosa, e una mattina, svegliandosi da quel languore narcotico al grido di «Sono stufo di tutta quest'acqua», decise che aveva bisogno di terra e piante per sopravvivere.

L'acquisto dell'orto di un vecchio convento fu un gioco da ragazzi, ma trasformarlo in un Eden l'impresa piú ardua della sua vita. Venezia è considerata da sempre una tomba per i fiori. L'acqua salmastra dei canali si insinua ovunque minacciando le radici di ogni specie vegetale, ma grazie a una indistruttibile passione e seguendo il mantra della cognata, la grande paesaggista inglese Gertrude Jekyll («L'amore per il giardinaggio è un seme che una volta piantato non muore mai»), riuscí in pochi anni a realizzare quella che sembrava un'utopia.

Statue e fontane spuntavano da ogni angolo, le aiuole adornate con le conchiglie piú stravaganti raccolte sulle spiagge del Lido traboccavano di gladioli, tulipani, garofani e mughetti, in un abbagliante arcobaleno di colori. Ma il posto d'onore era occupato da una fioritura regale di gigli bianchi che si stagliavano candidi sul panorama unico della chiesa del Redentore. Una mucca passeggiava libera tra i viali punteggiati di pini, cipressi e un'incredibile collezione di piante tropicali, tra cui, sono certa, non sarà mancato un banano. Una foto sbiadita, raro reperto in bianco e nero di questo Paradiso, mostra il suo creatore sdraiato su una *chaise-longue* sotto una pergola di rose, cappello di paglia, giacca in tweed d'ordinanza, circondato dagli inseparabili cani bassotti. Un'immagine fin troppo iconografica del gentleman inglese innamorato perso dell'Italia. Gli ospiti ammessi nell'Eden della Giudecca si ritrovavano per incanto in un'oasi galleggiante nella città, quasi un'isola segreta all'interno della laguna, che faceva tornare alla memoria il giardino delle Esperidi dove Ercole aveva trafugato i pomi d'oro in una delle sue mitologiche fatiche.

In poco tempo il piccolo parco divenne una leggenda a Venezia, e si racconta che fosse l'unico luogo dove trovare refrigerio nelle stagioni umide e afose. Ed è proprio in una di quelle torride estati che i viali ombreggiati da pergole di rose e glicini rigogliosi hanno visto nascere la passione tra Eleonora Duse e Gabriele D'Annunzio, ospiti abituali di quel santuario di bellezza.

> Il giorno dopo, in quel giardino solatio della Giudecca, non respirammo tutta l'Italia bella sotto la specie del profumo? [...] Era come uno di quei doni che accompagnano il commiato, troppo ricchi, fatti per colmare e per straziare. Una ricchezza selvaggia. I fiori a mucchi, le erbe a fasci. I rosai commisti alle ortaglie.

Cosí D'Annunzio descrive il giardino che conosce bene, tanto da sceglierlo poi anche come cornice per l'ultimo capitolo del suo romanzo *Il fuoco*. Tra i fiori vermigli dei melograni mette in scena la fine della relazione tra Foscarina e Stelio, che adombra la tormentata storia d'amore del vate con la sua musa irrequieta. La bellezza eccessiva è straziante per i comuni mortali, ma indispensabile per nutrire le penne dei poeti.

Persino Marcel Proust, notoriamente allergico a ogni seme volante, sfidando i proverbiali attacchi d'asma, non rinunciava mai agli inviti di Frederic Eden ed era tra gli ospiti piú assidui del giardino, le cui fioriture sono state apprezzate nel tempo da Rainer Maria Rilke, Jean Cocteau e Henry James.

Lo scrittore americano, quando arrivava a Venezia, accettava volentieri l'ospitalità di mister Eden perché non amava andare in albergo, come fa confessare alla protagonista di *Le ali della colomba*:

> A Venezia, per favore, se è possibile, non un orribile albergo volgare, ma qualora si potesse combinare [...] qualche bell'appartamento antico, [...] un'ala di un palazzo storico, pittoresco...

Meglio ancora se adornato da un parco.

Incantato dal luogo, James decide di ambientare il breve racconto veneziano *Il carteggio Aspern* proprio in quella misteriosa dimora, e il giardino con i suoi oscuri presagi ne diventa protagonista al pari dei personaggi. «A Venezia ci vuole pazienza per tutto», afferma il critico letterario voce narrante della storia. Lo studioso, pur di entrare in possesso di un famoso carteggio appartenuto a un poeta che lo ossessiona, si premura per mesi di ridare vita al parco del palazzo in cui le recalcitranti proprietarie nascondono quel prezioso oggetto del desiderio. Per ingraziarsele, le corteggia a lungo con le piú incantevoli lusinghe giardiniere, ma non basteranno numerosi carichi di piante di rose e sacchi di fertile humus a soddisfare il tormento che lo perseguita. Il resto naturalmente è nel racconto, e non mi sognerei mai di spoilerare il finale nel caso qualcuno non l'avesse ancora letto.

Forse contagiato da questa compagnia talentuosa, lo stesso Frederic Eden si è cimentato nella scrittura e ha descritto la genesi del Paradiso della Giudecca in un libriccino in cui narra con orgoglio come sia riuscito a trasformare una distesa di fango in quel dolce sogno. Non rivela però la ricetta segreta del concime che gli ha permesso di ottenere quel miracolo vegetale; ma, come scrive il drammaturgo ceco Karel Čapek, grande esperto di giardinaggio, «non esiste budino che sia altrettanto complicato da preparare quanto il terreno da giardino». La lista dei misteriosi ingredienti che Čapek ritiene indispensabili per comporre la formula del «budino» ottimale comprende foglie secche, sabbia, calce, kainite, scorie Thomas, farina per bambini, nitrati, cheratina, fosfati, escrementi, sterco, cenere, torba, acqua, birra, fondi di pipa, fiammiferi bruciati, gatti morti e molte altre sostanze. «Tutto questo deve essere mescolato con cura, sotterrato e aggiustato di sale».

Non vi è traccia di cacca di gallina.

Peccato che mia nonna non avesse mai letto le sue brillanti riflessioni.

Non ha piú importanza sapere quale sia stata l'arma segreta del gentiluomo inglese, perché il parco Eden vive oggi solo nella leggenda e quel che è rimasto dell'ambizione del suo creatore è ormai irraggiungibile. Come Adamo ed Eva, anche noi siamo stati cacciati dal quel Paradiso ed è impossibile visitarlo. Dopo la morte di mister Eden la villa è passata di mano in mano, fino a diventare proprietà dello stravagante artista austriaco Friedensreich Hundertwasser, che ha chiuso per sempre il giardino agli occhi del mondo. Il nuovo proprietario, convinto assertore della supremazia della natura sull'uomo e severamente contrario a ogni forma di giardinaggio, ha lasciato che le piante prendessero il sopravvento in totale libertà abbandonando ogni cura e manutenzione. Il suo motto era: «La dimensione orizzontale appartiene alla natura e i boschi dovrebbero crescere nelle strade e sui tetti». Un'esclamazione che farebbe fremere di gioia il rivoluzionario paesaggista Gilles Clément. Da quel momento nessuno ha piú potuto visitare il giardino, e chi ha sbirciato dall'alto muro di cinta in Rio della Croce assicura che un groviglio di rami avvolge le statue cadute a terra e gli intrecci dei rovi hanno conquistato le aiuole, proprio come nella favola della Bella addormentata nel bosco.

Dalla morte dell'artista, la Fondazione Hundertwasser continua a preservare con rigore le sue volontà e non permette a nessuno di toccare la selva incolta e solitaria che ora ricopre come un manto il giardino. Da tempo, un comitato di cittadini chiede a gran voce di riconsegnare a Venezia il suo Paradiso perduto, ma gli esecutori del testamento sono irremovibili e questo lembo di terra rimane con ostinazione proibito, forse a rappresentare la vendetta della natura sul dominio dell'uomo, il quale ha spesso devastato e saccheggiato l'unico pianeta che aveva a disposizione, un pianeta abitato in maggioranza proprio dalle piante.

Le specie vegetali, e molte sono ancora sconosciute, rappresentano piú dell'ottantacinque per cento della biomassa terrestre. Gli uomini e gli animali non raggiungono neppure l'uno per cento, e con questa ridicola percentuale noi continuiamo a credere che il mondo delle piante sia passivo, sacrificabile, poco interessante e, nel migliore dei casi, lo cataloghiamo come un mero capriccio estetico. Classica miopia da Homo sapiens. È ovvio, le piante sono diverse dalle persone, ma non è vero che non si muovono, non sentono, non pensano. Vivono invece una vita bella piena, e soprattutto animata da un'incredibile intelligenza, come ci ha spiegato l'appassionato botanico Stefano Mancuso, una vita che si sviluppa in complicate e raffinatissime relazioni sotterranee tramite le radici, e solo in parte possiamo intuirne la ricchezza attraverso fiori, frutti e foglie che, da sempre, hanno stupito e ispirato il genere umano.

La nostra esistenza sulla Terra dipende da loro. Perfino i bambini lo sanno: le piante producono l'ossigeno che respiriamo e mettono in moto la catena alimentare indispensabile alla nostra sopravvivenza. Eppure, con *nonchalance*, riusciamo ad abbattere nell'arco di un singolo anno un'area di foresta amazzonica grande cinque volte una metropoli come Londra, e parliamo di un ecosistema che ha impiegato quattromila anni a rigenerarsi. Come ci ricorda Joni Mitchell in *Big Yellow Taxi*: «Hanno lastricato il Paradiso e messo su un parcheggio per auto».

L'elenco delle nostre malefatte è noto. Nonostante ciò, ognuno sogna di crearsi un pezzetto di Paradiso in Terra. Ma ce l'avevamo già: era l'intero pianeta prima che lo mettessimo in così grave pericolo, e forse è proprio questo l'unico vero peccato originale di cui dovremmo pentirci. «Ci sarà un momento in cui le generazioni future si domanderanno: "A che cosa pensavano i nostri genitori? Perché non si sono svegliati quando ne avevano ancora la possibilità?"» Se lo chiedeva il politico e ambientalista statunitense Al Gore nel lontano 2007 e nessuno gli ha ancora risposto, a parte l'oscuro Friedensreich Hundertwasser con la sua estrema provocazione giardiniera. Una lezione definitiva che dovrebbe farci riflettere.

Non ho resistito alla tentazione e sono andata in pellegrinaggio a Venezia, per sbirciare quel che rimane del giardino proibito.

Ogni accesso è sbarrato, e soltanto dal canale, sollevandosi in punta di piedi sulla gondola, si intravede il fitto bosco che ha inghiottito il sogno di Frederic Eden. Nel respiro del vento potevo cogliere il risentimento della natura ferita che difficilmente ci avrebbe perdonato.

Non so bene cosa stessi cercando, ma tra i rovi di quello che era stato un maestoso cespuglio di rosa banksiæ mi sarebbe piaciuto intravedere qualche fantasma, di sicuro quello di Eleonora Duse, e magari, da spudorata, chiederle se fosse soddisfatta del ritratto che il vate le aveva dedicato incarnandola nella Foscarina. Per fortuna Chiara, la mia guida veneziana, amica sincera ed esperta di spettri e vampiri, mi ha sconsigliato di evocare certi argomenti scottanti con i trapassati di carattere. Mi ha spiegato che i fantasmi continuano a serbare rancore, se è possibile più degli umani, e non è opportuno provocarli. Duse non aveva mai perdonato al poeta italico di averla sostituita con la piú giovane Sarah Bernhardt per la prima londinese dello spettacolo *La città morta*: poteva sopportare qualsiasi tradimento amoroso, non certo un'infedeltà artistica.

Nel giardino incantato non l'avrei comunque incontrata, il suo Paradiso era il palcoscenico. Piú facile se avessi cercato dietro le quinte di un teatro, magari trovandola ancora in attesa di un'ultima entrata in scena. Gli attori non si quietano mai e le dive non sanno che farsene della natura, se non sotto forma di fasci di fiori la sera del debutto.

Il giardino Eden ora mi faceva paura, un groviglio vivente che a piacimento cambiava forma all'insaputa degli umani. Osservavo quella sinfonia di clorofilla e mi tornava in mente Henry David Thoreau, che individuava serafico la salvezza del mondo soltanto nella natura selvaggia. Ma ci vuole coraggio per affrontare questa prospettiva radicale. È un'idea attraente e al tempo stesso carica di inquietudine, perché ci racconta di un pianeta libero dal dominio dell'uomo. Indispettisce pensare che le piante possano sopravvivere senza di noi, ci fa sentire fragili e impotenti, una sensazione di meraviglia seguita subito dopo da un cupo presagio. L'abbiamo percepita durante il lockdown della pandemia da Covid-19, e difficilmente potremo scordarla.

E mentre ero lí in punta di piedi sulla gondola, fissando il disegno astratto di quell'intreccio primitivo e misterioso, ho intuito il potere di una forza oscura con cui purtroppo avevo smarrito ogni dialogo. E per paura che potesse inghiottirmi, ho abbandonato l'Eden di Eden al suo destino.

4.

«Prima qui era tutta campagna», una frase banale che ho ripetuto anch'io al mio attuale compagno, indicandogli dal ciglio della strada i campi intorno alla vecchia casa di famiglia che negli anni avevano subito una lottizzazione disordinata. Volevo mostrargli da lontano dove avevo trascorso tante estati quando ancora non ci conoscevamo, in quel tentativo sempre un po' tenero e patetico di riassumere il passato e includerlo prepotentemente nel presente di chi si ama.

La casa era abitata chissà da chi e non osavo avvicinarmi per non spezzare l'incanto. Piú che campagna, avrei dovuto dire distese di grano dorato, che dopo la trebbiatura si trasformavano in enormi sacchi traboccanti di chicchi. Li accatastavano nell'aia prima di trasportarli nel magazzino di fronte alla villa, dove venivano issati a fatica uno alla volta su una bilancia monumentale, un'antica bascula corredata di pesetti di ogni misura in ordine decrescente. Operazione serissima, visto che nonna abbandonava canasta e giardinaggio per sovrintendere alla pesa, e noi ragazzini venivamo sgridati tutte le volte che provavamo a saltellarci sopra per provarne la resistenza.

Mia mamma non era interessata a questa cerimonia, ma aspettava con eccitazione un'altra fase del lavoro dei campi: arrivava poco dopo, e la ricordo come un tormento. L'aratura che preparava il terreno per le nuove semine era il suo grande momento, e mi trascinava sulle zolle appena rivoltate per cercare i tesori di cui era appassionata. La tenuta era nel viterbese, zona di scavi e reperti etruschi, e a ogni nuova stagione, dopo il passaggio dell'aratro, la terra brulla restituiva cimeli per lei molto preziosi che io chiamavo semplicemente cocci. Con le scarpe che affondavano nei solchi profondi come crepacci, la seguivo arrancando a caccia di misteriosi resti di una civiltà lontana che la mandavano in estasi e avevano lo strano potere di sollevarla dall'abituale malinconia che accompagnava le sue giornate in famiglia. Mamma era laureata – fatto notevole per la sua generazione – e avrebbe tanto voluto impegnarsi in un lavoro, magari insegnare Storia antica o qualsiasi altra cosa pur di non rimanere a casa a quietare gli umori burrascosi di un marito brillante e irascibile che dettava legge sulle nostre vite, con l'arroganza allegra tipica di chi è abituato a comandare per nascita e tradizione. Con piglio autoritario, papà le aveva impedito di lavorare: una donna che portava a casa dei soldi era un disonore per il marito. Lei, fedele al proprio carattere remissivo, non aveva protestato piú di tanto e l'argomento si era chiuso sul nascere. Non le rimanevano che le innocenti escursioni in cui s'improvvisava archeologa e vestiva i panni della studiosa che avrebbe voluto essere, raccogliendo con dedizione decine di frammenti di vasi antichi che catalogava e, dopo averli puliti con uno spazzolino da denti, riponeva con cura in una scatola da scarpe.

Mio padre la prendeva in giro con l'abituale sarcasmo.

– Sarebbe meglio se andassi in cerca di tartufi, invece di perdere tempo con questi pezzi di coccio…

E nella frase risuonava un sottotesto piú o meno esplicito che le dava della cretina.

Ogni minima velleità intellettuale era guardata con sospetto dal ramo nobile della famiglia, e la mamma era considerata un po' stupida ma con affetto.

Io all'epoca non sapevo niente della vita dei grandi, ma respiravo la sua rassegnazione seguendola sotto il sole con le scarpe pesanti piene di terra, e per compiacerla aguzzavo la vista nella speranza di scovare un pezzettino che potesse farla contenta. Una volta ne ho trovato uno nero, tra i piú pregiati, di sicuro la scheggia di un bucchero, un'urna cineraria che mostrava in un angolo il disegno della zampa di un animale. Non l'ho mai vista cosí felice. Forse proprio durante uno di quei pomeriggi assolati ho giurato alla me stessa bambina che non avrei mai vagato nei campi come un fantasma alla ricerca di un senso: era un pallido giuramento da femminista in erba che ho tradito come tanti altri.

Passati gli anni, durante la penosa operazione di svuotamento della casa dei miei dopo la loro morte, è riemersa la scatola con i cocci di mamma, una capsula del tempo piena dei suoi sogni polverosi che ha scavalcato i decenni e confusamente mi dice ancora qualcosa.

Non so bene perché, ma adesso provo nostalgia per i difetti di una madre che non ho mai ammirato. Mi sono impegnata parecchio per non assomigliarle, ho sempre cercato di nascondere insieme a lei la mia parte fragile, rimuovendo ogni possibile traccia genetica che mi riconducesse a quella donna che vedevo cosí vulnerabile e insicura, e invece ora vorrei finalmente liberarla e dichiarare al mondo con orgoglio la mia debolezza. Ognuno ha le *madeleines* che si merita, cosí è la nostalgia, ti colpisce dove piú fa male e può bastare un coccio rotto a scatenarla, ma nessuno sfugge ai suoi potenti attacchi.

Un sentimento irresistibile che muove il mondo e da sempre nutre l'arte. Ce l'ha spiegato bene Marcel Proust: ogni volta che assaggiava il suo dolcetto preferito, lo scrittore veniva trascinato indietro nel tempo, alle vacanze felici nella casa della zia Léonie a Illiers, il piccolo Eden perduto che non ha mai smesso di evocare. Per omaggiarlo, nel 1971 il comune di Illiers ha aggiunto ufficialmente al nome del paese quello immaginario di Combray che Proust aveva usato per la cittadina nei suoi romanzi, dove, grazie a una tazza di tè al tiglio e una *madeleine*, inseguiva il tempo perduto.

> Ma appena la sorsata mescolata alle briciole del pasticcino toccò il mio palato, trasalii, attento al fenomeno straordinario che si svolgeva in me. Un delizioso piacere m'aveva invaso, isolato, senza nozione di causa. [...] Da dove m'era potuta venire quella gioia violenta?

Una gioia cosí violenta da sembrare un dolore, se non fosse spolverata dallo zucchero a velo di un languido piacere. Questo brivido irresistibile fu diagnosticato clinicamente nel 1688 come un vero malanno, prima di allora non esisteva neanche il termine «nostalgia».

Lo coniò lo studioso alsaziano Johannes Hofer nel trattato *Dissertatio medica de nostalgia*, in cui diede vita al neologismo fondendo due vocaboli della lingua greca: νόστος, «ritorno», e ἄλγος, «dolore» o «tristezza». Νοσταλγία letteralmente sta a indicare «la sofferenza provocata dal desiderio inappagato di ritornare» indietro nel tempo, in un luogo reale o immaginario poco importa. Da quel momento il sentimento possedeva un nome.

Hofer aveva individuato i primi sintomi di questa strana malattia nei soldati elvetici in servizio nell'esercito francese. Pare che appena ascoltavano la melodia di *Ranz des vaches*, una canzone molto popolare nel loro paese, cadessero in deliquio. Dopo averla sentita, trovo difficile credere che questo canto dei mandriani svizzeri abbia potuto avere un potere cosí devastante, ma senza dubbio la lontananza dal luogo natale e dai suoi paesaggi ameni a lungo andare procurava alle truppe mercenarie una reale sofferenza fisica, seguita da svenimenti e perdita di coscienza.

Come si evince dal manuale clinico di Johannes Hofer:

> Sono evidenti i sintomi di una immaginazione turbata che suscita nell'anima l'idea esclusiva e persistente del ritorno a casa, quasi che coloro che ne sono affetti manchino dell'aria soave della patria.

Se questo malessere fosse solo una strategia per ottenere una licenza o invece una vera patologia non è dato sapere, ma si propagò in tutti gli eserciti. Tanto che contro la *maladie du pays* – cosí veniva chiamata – vennero prese delle contromisure molto severe. Tra i rimedi piú noti, l'applicazione di un ferro bollente sull'addome del malcapitato, mentre l'esercito russo minacciava addirittura di seppellire vivi i soldati nostalgici: pratiche estreme, che sembra però portassero a un'immediata guarigione.

Se per i militari la nostalgia era proibita, poeti e artisti invece l'hanno frequentata assiduamente trasformandola per fortuna in una musa preziosa, non piú osteggiata al pari di un malanno bensí coltivata come fonte di ispirazione profonda. E il termine nostalgia ha finito per abbracciare tutte le lontananze, aggiungendo a quelle geografiche anche quelle del cuore. Senza questo sentimento dolce-amaro cosí struggente, Ulisse sarebbe rimasto in eterno fra le braccia di Calipso, cullato dalle delizie del giardino incantato della ninfa. Il richiamo della sua isola rocciosa, come ci racconta Omero, fu però piú forte di qualsiasi lusinga, e dopo aver passato sette anni a singhiozzare guardando l'orizzonte, in preda a una cocente nostalgia decise di tornare a casa.

Ma c'è chi a casa non può piú tornare.

«Non è improbabile che se non ci fosse stata una rivoluzione in Russia, mi sarei dedicato interamente alla lepidotterologia».

A pronunciare questa frase lapidaria è stato uno dei piú grandi scrittori del Novecento, Vladimir Nabokov, che all'età di vent'anni, per sfuggire alla furia bolscevica, fu costretto a lasciare la Russia insieme alla famiglia e a intraprendere una vita da esule che non lo riportò piú in patria. Da quel giorno Nabokov, anche quando i proventi delle opere letterarie glielo avrebbero permesso, non comprò mai una casa, perché nessun luogo al mondo era piú casa sua. Visse sempre in affitto o in albergo, per esempio nel lussuoso *Montreux Palace* in Svizzera, sul lago di Ginevra, dove passò insieme alla moglie gli ultimi anni della propria esistenza senza piú mettere piede nella terra d'origine. Niente poteva uguagliare il ricordo dei primi anni russi, cresciuto in una famiglia nobile, cullato nell'agio di belle dimore, svaghi e villeggiature privilegiate. Ma non è il lusso che lo scrittore rimpiange.

«La nostalgia della mia terra è sempre stata una faccenda particolare, soprattutto legata ai sensi».

E i sensi per Nabokov si risvegliano in presenza dei boschi e delle montagne che gli ricordano i paesaggi della giovinezza, dove in compagnia del padre si perdeva sin da bambino alla ricerca di farfalle, armato di retino e di una scatoletta di metallo per raccogliere le prede. Queste escursioni in mezzo alla natura diventeranno per lo scrittore una consuetudine, la condizione necessaria per rappacificarsi con la vita e sentirsi di nuovo a casa ovunque il suo destino errabondo lo avrebbe portato: «Datemi qualsiasi cosa, su un qualsiasi continente che assomigli alla campagna pietroburghese, e il mio cuore si scioglie».

Nabokov è un viaggiatore pigro, accetta di spostarsi solo se le mete che gli propongono per gli impegni di lavoro si trovano vicino a qualche nuovo territorio da esplorare per dare sfogo alla sua passione. Ha il retino e la scatola di metallo sempre con sé, e appena può scappa via per immergersi in quello che considera il suo Paradiso. Le piú belle fotografie che lo immortalano ce lo mostrano proprio cosí, in braghette di tela, fazzoletto legato in testa per proteggersi dal sole e retino cattura-farfalle in mano, ma non si tratta certo di un semplice hobby. Nabokov pubblica articoli e saggi da vero esperto, e per sei anni è stimatissimo ricercatore associato di Lepidotterologia presso il Museo di zoologia comparata dell'Università di Harvard, un periodo che lo scrittore considera il piú bello ed emozionante che abbia mai vissuto. Soltanto quando è in mezzo ai boschi rincorrendo le proprie prede colorate riesce a raggiungere quella particolare estasi che lo riconcilia con l'esistenza.

> Quando mi trovo tra farfalle rare e piante di cui esse si nutrono: è quella, l'estasi, e dietro l'estasi c'è qualcosa di difficile da spiegare. È come un vuoto momentaneo in cui si riversa tutto ciò che mi è caro.

La stessa estasi paradisiaca che doveva provare Humbert Humbert in presenza della sua ninfetta, la Lolita del romanzo che ha portato Nabokov ai vertici della gloria letteraria. Ma per quanto scandalo abbia creato la storia pruriginosa che ancora oggi è al centro di agguerriti dibattiti, i desideri di Nabokov sono di tutt'altra natura. Tra una giovane fanciulla in fiore e una ninfa dei boschi, cosí si chiamano le farfalle, avrebbe sempre preferito uno degli esemplari dalle ali colorate che non fa che inseguire. Sí, Nabokov, l'autore di *Lolita* e di tanti altri romanzi entrati nella storia della letteratura, è stato piú di ogni altra cosa un grande cacciatore di farfalle. Non c'è successo letterario, onorificenza o premio che possano eguagliare il piacere che gli procura lo studio scientifico di una farfalla. Cataloga e analizza gli esemplari che cattura, con la stessa cura meticolosa con cui si dedica ai dettagli proverbiali della sua prosa letteraria. Studia per ore al microscopio le nuove prede, non omette nessun particolare; ne ammira le ali, le disseziona per isolarne le macchie azzurrine simili a occhi di pavone e i bordi sfrangiati pennellati di incredibili sfumature; le riproduce, ingrandite, sui fogli dei quaderni di ricerca fino a compilare un'impressionante opera di ingegneria naturale che lo riempie d'orgoglio, ma che nel tempo gli rovinerà per sempre la vista. Perso in questo universo di dettagli che lo ipnotizza, non trascura l'analisi accurata degli organi riproduttivi, affascinato dalle forme bizzarre e inusuali della multiforme vita sessuale delle farfalle che trova piú eccitante di quella del suo tormentato protagonista letterario.

Ma l'estasi suprema la raggiunge nello scoprire nuovi esemplari, come le farfalle che ancora oggi prendono il suo nome e tra cui spicca per bellezza la lycæides melissa samuelis Nabokov, dalle ali di un blu quasi iridescente bordate di bianco panna. La trova una mattina nei boschi di Albany, posata sopra una bellissima fioritura di lupini, e quell'avventura – racconterà entusiasta agli amici – gli procura una gioia superiore a qualsiasi critica positiva per un romanzo.

E quando non trova nuove farfalle, le inventa di sana pianta. È affascinante vedere che in una delle tavole piú preziose dei suoi quaderni, accanto a una splendida polygonia thaïsoides arancione, l'autore scrive LOLITA. Perché, visto che la polygonia thaïsoides non esiste e nasce dalla fantasia dello scrittore. Ma allora, chi è Lolita? Farfalla o ninfa? Campione scientifico o creazione artistica?

> Ho scoperto in natura i piaceri non utilitaristici che cercavo nell'arte. Erano entrambe una forma di magia, entrambe un gioco intricato di sortilegio e illusione.

Un sortilegio che lo scrittore ha nutrito con l'immaginazione carica di ricordi, l'unico lusso concesso agli esuli che hanno perso tutto. Come gli aveva insegnato la madre, nessuno poteva togliergli la bellezza di possedere l'intangibile, e proprio la ricchezza immateriale della memoria gli ha permesso di raffinare il sentimento della nostalgia e trasformarlo in grande letteratura. Oggi il nome dello scrittore è stampato sulle numerose edizioni dei suoi romanzi ma, cosa di cui andava ancor piú fiero, sta a indicare decine e decine di farfalle che ha scoperto nelle felici esplorazioni in mezzo alla natura inseguendo il proprio sogno infantile.

Vladimir Nabokov non aveva quello che si può dire un buon carattere e i suoi giudizi sui colleghi erano a dir poco taglienti. Considerava Hemingway e Conrad autori di libri per ragazzi, e *Il dottor Živago* di Pasternak un'opera melodrammatica. Con i giornalisti usava sempre un sottile sarcasmo e l'elenco delle cose che non sopportava era piuttosto lungo: comprendeva il jazz, il folklore, le piscine, la pittura astratta, Freud, Marx, Fidel Castro, insomma si fa prima a dire quello che gli piaceva. In sintesi, solo per la moglie e i lepidotteri ha continuato a nutrire un'ammirazione smisurata.

Negli anni Cinquanta, Nabokov abbandona l'attività di naturalista al Museo di zoologia di Harvard per dedicarsi soltanto alla scrittura e all'insegnamento, però non tradisce la sua passione e continua a cercare farfalle rare in lunghissime escursioni che preferisce affrontare in solitaria o al massimo con la moglie Vera, l'inseparabile compagna di una vita, l'unica che lo scrittore accetta al proprio fianco in quelle peregrinazioni quasi mistiche che dureranno fino a che la malattia non gli permetterà piú di camminare. Ma anche quando è ormai costretto a letto, continua a fantasticare di nuove scorribande che ancora spera di intraprendere prima di «impuparsi» definitivamente – «impuparsi», cosí descrive la morte: da farfalla si ritorna crisalide e tutto finisce per sempre. E sino all'ultimo sogna la natura rigogliosa dell'infanzia, i giardini lussureggianti delle ville di San Pietroburgo che si perdono e si confondono nel fitto dei boschi circostanti, e gli arbusti di lillà della casa di famiglia che sfoggiano al crepuscolo una fioritura di un grigio spumoso, «il fantasma del viola» scrive Nabokov, una tonalità della memoria che solo la nostalgia può descrivere con tale precisione.

Ogni paese ha la propria particolare sfumatura di questo irresistibile sentimento che non ha regole né latitudini. Quasi intraducibile la variante brasiliana, *saudade*, studiata a fondo dallo scrittore Antonio Tabucchi, grande conoscitore della lingua portoghese, il quale, davanti a un piatto di *bacalhau* che si scioglieva in bocca, insieme alla moglie Zé mi ha spiegato il particolare struggimento che gli provocava quella pietanza, quasi una tristezza accompagnata però da un pensiero felice. Una smania tenera e straziante che non si limita al ricordo del passato ma si rivolge al futuro, perché esprime un desiderio. Un po' come quando la persona amata già vi manca mentre la state ancora abbracciando. Sosteneva Tabucchi che

> la nostalgia del futuro è un paradosso. Forse un corrispettivo piú adeguato potrebbe essere il «disío» dantesco che reca con sé una certa dolcezza, visto che «intenerisce il core».

E sentirlo parlare era come ascoltare una canzone brasiliana, di quelle a cui bisognerebbe avvicinarsi con cautela perché hanno il potere di ridurre il cuore in frantumi.

E cosí, ogni volta che sono in presenza di un piatto di baccalà non posso che pensare a Tabucchi e alla sua *joie de vivre*. E mi prende una smania nostalgica per quel pranzo allegro condito di vino e risate, in cui mi invitava a visitare Lisbona – «una città che sfavilla» – dove c'è una strada in salita vicino alla cattedrale che si chiama Rua da Saudade e non a caso è proprio lí che abitava Pereira, al numero 22. Non ci sono mai andata, ma non so perché provo già una profonda nostalgia per quel luogo che non ho ancora visto. E qui le cose si complicano: se il tempo e il desiderio si incrociano, il cortocircuito emotivo è assicurato ed è facile perdersi in un labirinto di sensazioni che si moltiplicano all'infinito.

Siamo tutti soggiogati da questo turbinio di emozioni, ma c'è chi ha fatto le cose in grande per nutrire la propria nostalgia e ha avuto bisogno di ricostruire una giungla tropicale in miniatura per tenere vivi i ricordi. Tutto può alimentare questo sentimento imprevisto: un coccio, un ramo di lillà o anche un cucciolo di orangutan. La piccola scimmia in questione si chiama Rose, come la sua padrona, e siede a tavola con gli invitati servendosi di eleganti posate d'argento per degustare una porzione di torta alla panna, indossa una raffinata livrea fatta su misura e alla fine del pasto si pulisce la bocca con un tovagliolo di lino. Rose è l'attrazione della festa. Siamo alla fine del Settecento, alle porte di Parigi, nevica a larghe falde e la temperatura è parecchio sotto lo zero, però all'interno della serra monumentale dove è imbandita la cena sembra di vivere ai tropici. In particolare in Martinica, terra d'origine di Marie-Josèphe-Rose Tascher de La Pagerie piú nota come l'imperatrice Giuseppina Bonaparte.

Nel salone in vetro e ferro riscaldato da dodici enormi stufe a carbone, l'imperatrice ha realizzato il suo Paradiso terrestre: è difficile farsi spazio fra strelitzie, orchidee e rose in fiore. Gigantesche piante esotiche creano una selva intricata che offre tutte le possibili sfumature di verde, punteggiate dell'arancione di ananas maturi in pieno novembre. Il verso dei pappagalli colorati copre le conversazioni della buona società parigina, che accorre ogni giorno al Castello di Malmaison ad ammirare il luogo magico che l'imperatrice ha creato per quietare la nostalgia della propria terra.

Giuseppina è appena quindicenne quando è costretta a lasciare la casa paterna nella lussureggiante colonia francese della Martinica per sposare il visconte Alexandre de Beauharnais, un nobile arrogante e presuntuoso a cui la giovane è stata promessa. Non lo amerà mai, ma da lui avrà due figli che le saranno sempre accanto, condividendone l'avventurosa esistenza che attraversa la storia di Francia nei suoi momenti piú drammatici.

Appena arriva a Parigi, il destino di Rose, non ancora ribattezzata Joséphine, si fa vorticoso. Nel giro di pochi anni, la giovane è ripudiata dal marito che la considera troppo provinciale per i salotti altolocati e viene confinata in un convento; poi, allo scoppio della rivoluzione, finisce in galera rischiando la ghigliottina, che invece non sarà risparmiata al marito. E cosí Rose si ritrova vedova, senza entrate e con due figli, una condizione che avrebbe atterrato ogni donna; ma lei, grazie a una forza vitale e a un carattere solare che molti attribuiscono proprio alle origini creole, riesce sempre a rifiorire come una pianta resistente a ogni avversità.

L'isola dell'infanzia le è rimasta nel cuore, e anche dopo essersi trasformata in una raffinata dama di corte non tradisce mai la sua vera natura. Forse è proprio questo fascino esotico a renderla cosí diversa da tutte le nobildonne che popolano l'alta società. Quando Napoleone Bonaparte la vede per la prima volta, è subito soggiogato dal suo insolito charme e si innamora perdutamente di lei. Un fitto scambio di lettere infiammate è arrivato fino a noi a testimoniare il loro rapporto.

> Non è passato giorno che non t'amassi; non è passata notte che non ti stringessi fra le braccia. In mezzo agli affari, alla testa delle truppe, percorrendo i campi di battaglia, la mia adorabile Joséphine è sola nel mio cuore, occupa il mio spirito, assorbe il mio pensiero.

Si amano e si tradiscono con lo stesso impeto, dando vita a una relazione turbolenta che durerà oltre la loro separazione. Nonostante il divorzio, rimarranno legati da un'amicizia profonda, anche quando l'imperatore sarà costretto per ragioni di Stato a risposarsi con una donna piú giovane,

Maria Luisa d'Austria, che gli darà l'erede che la Francia aspettava da tempo.

> Addio, donna, tormento, speranza, felicità e anima della mia vita, che io amo, che temo, che mi ispira dei sentimenti teneri che mi chiamano alla natura, a dei movimenti tempestosi vulcanici come il tuono.

Sí, Joséphine – cosí l'aveva voluta chiamare Napoleone – è vulcanica proprio come la sua isola, e quando al culmine della loro storia d'amore è incoronata imperatrice, il nuovo status le permette di costruire l'Eden esotico di Malmaison senza badare a spese. Oltre a una incredibile collezione di piante, mette insieme uno zoo originale che comprende, insieme all'amata scimmietta Rose, canguri, zebre, gnu, antilopi e una meravigliosa coppia di cigni neri dal becco amaranto, che si trovano cosí bene nel giardino dell'imperatrice da regalare al mondo un'infinita progenie.

Ed è nella bella tenuta di campagna alle porte di Parigi che la coppia vive i momenti piú felici. Nelle rare pause concesse dall'intensa vita di battaglie e vittorie militari, Napoleone la raggiunge in quel luogo incantato e incoraggia con generosità le passioni giardiniere della moglie.

Joséphine crea il suo Paradiso dal nulla, collezionando piante e semi che le navi al comando dell'imperatore le recapitano da ogni angolo del mondo. I preziosi carichi vegetali destinati a Malmaison godono di uno speciale lasciapassare e riescono a superare l'embargo anche durante le ostilità con l'Inghilterra. Ma la passione naturalista di Joséphine non è un capriccio modaiolo: il suo è un entusiasmo travolgente che si trasforma nel tempo in una vera conoscenza scientifica. L'imperatrice studia, si documenta, intreccia carteggi con esperti di orti botanici che ne ammirano la competenza, e pure gli scienziati piú altezzosi le riconoscono il merito di aver importato e acclimatato in Francia piú di duecento nuove specie esotiche e una quantità straordinaria di rose, il fiore preferito di Rose-Joséphine. «Preferirei avere rose sul mio tavolo che diamanti attorno al collo», dichiarerà convinta molti anni dopo la rivoluzionaria Emma Goldman. L'imperatrice, invece, gradiva di sicuro possedere tutti e due questi preziosi ornamenti, ma per le rose nutriva una particolare predilezione. E forse è proprio questo il fiore che piú rappresenta il sentimento della nostalgia in campo amoroso. La sua bellezza voluttuosa dura solo *l'espace d'un matin*, poi subito appassisce trasformandosi in ricordo.

«Vorrei dirti ora le stesse cose | ma come fan presto, amore, ad appassire le rose», cantava Fabrizio De André, che non solo coltivava rose per il proprio giardino, ma pure per le sue canzoni. E si narra che persino Napoleone, il condottiero che aveva fatto impallidire in battaglia i nemici piú agguerriti, in punto di morte nell'esilio di Sant'Elena abbia chiesto di annusare una rosa prima di dettare il testamento. E appena gli portarono il fiore,

> inalò il profumo con una specie di gioia. Per un lungo momento di silenzio guardò il cielo, dove, all'avvicinarsi del breve crepuscolo, correvano nuvole grigio perla. Sembrava calmo.

Forse pensava a Maria Walewska, la donna che gli era stata accanto fino all'esilio. O forse ancora a Joséphine, che secondo alcuni storici ha amato sino all'ultimo respiro. La sua Rose era morta dieci anni prima – appena cinquantenne – nel Castello di Malmaison, circondata dalla natura rigogliosa del giardino che con tanta passione aveva progettato. Purtroppo, subito dopo la sua scomparsa la tenuta è stata venduta all'asta e il sogno nostalgico dell'imperatrice è presto finito in rovina. Non c'è piú traccia delle serre maestose, e la sterminata collezione di rose è andata perduta. Il castello, per fortuna, ai primi del Novecento è stato ricomprato dallo Stato francese, che ha cercato di ripristinare l'antica gloria dei luoghi. Ma molte delle specie coltivate da Joséphine non esistono piú, e oggi si può solo immaginare il paesaggio che l'imperatrice aveva creato. E se come me amate il giardinaggio e in particolare le rose, dovete a ogni costo possedere una varietà di una bellezza assoluta: si chiama *Souvenir de la Malmaison*, un ibrido di bourboniana che fiorisce instancabile da primavera fino ai primi freddi. Resistente e sensuale come l'imperatrice, è stata ottenuta da un vivaista devoto che dopo la morte della sovrana, sopraffatto dalla nostalgia nei confronti di quella donna unica, le ha dedicato una rosa ricca di petali sottili come seta, di un tenue rosa carne. Pare che, dopo aver ottenuto questo mirabile esemplare, abbia scavalcato nottetempo il muro di cinta della Malmaison, per piantare di nascosto un virgulto della nuova rosa nel giardino ormai abbandonato. Un gesto poetico che l'imperatrice avrebbe di sicuro gradito. *Souvenir* è robusta, non teme le malattie e non ama troppe potature, va lasciata libera di arrampicarsi dove piú le piace e, proprio come la nostalgia, quando meno ve l'aspettate è pronta a regalarvi un nuovo bocciolo.

Ma se non siete in grado di coltivare neanche una rosa, basta un potos per ravvivare i vostri sentimenti nostalgici. Avete presente quella sempreverde con le foglie a forma di cuore che possono essere color smeraldo o variegate con pennellate bianco crema? In pratica la pianta piú facile da tenere in casa: di solito troneggia sopra i frigoriferi in cucina, da cui scende avvitandosi con esuberanza fino al pavimento; poi basta staccare un rametto e metterlo in acqua per riprodurla all'infinito. È piú facile da accudire di una pianta di plastica, ma non fatevi ingannare dalle sue modeste pretese, perché questo umile esemplare possiede una dignità inaspettata. Il suo nome riecheggia quello di una divinità greca poco frequentata: Pothos, figlio di Afrodite e di Crono, considerato ingiustamente il fratello sfigato di Eros. L'etimologia greca della parola racchiude due significati contrapposti, quello di «desiderio» e quello di «lutto», e incarna il dolore intenso per la lontananza della persona che si ama. Rispetto al fratello piú conosciuto e vitale, Pothos ha le sembianze di un bel giovane muscoloso ma con lo sguardo malinconico e sognante e il corpo fiaccato da brividi e smanie, tanto da essere costretto ad appoggiarsi a un sostegno per quietare la nostalgia d'amore. Cosí mi è apparsa la statua conservata alla Centrale Montemartini di Roma, un reperto ritrovato in via Cavour, nel pieno centro della capitale, durante gli scavi della metropolitana che hanno svelato l'esistenza di un'antica villa nobiliare adrianea. Una scena che Federico Fellini ha evocato nel suo bellissimo film *Roma* e che mia madre avrebbe voluto di sicuro vivere in prima persona come archeologa, e invece si è sempre dovuta accontentare dei suoi coccetti etruschi.

Ma se non riuscite ad avere cura nemmeno di un semplice potos, non avvilitevi, perché la stirpe dei pollici neri è nobilitata da personaggi insospettabili come il grande condottiero Alessandro Magno. Il giovane re macedone, passato alla storia per le memorabili conquiste, si paragonava ad Achille da cui rivendicava una discendenza diretta, tanto da tenere sempre una copia dell'*Iliade* sotto il cuscino accanto al pugnale. E proprio come l'eroe, aveva pure lui una debolezza anche se non nel tallone. In un'ubriacatura di potere e dominio, con il suo invincibile esercito Alessandro si è spinto sino all'Indo, e per moltiplicare la fama all'infinito ha fondato settanta città con il proprio nome. D'altronde, prima dell'avvento di Instagram, coltivare l'ego era un'impresa decisamente piú ardua.

Eppure, questa fulgida parabola di vittorie è stata macchiata da una misera sconfitta giardiniera. Soltanto una pianta rampicante si è ribellata alla sua volontà rifiutandosi, impavida, di attecchire a Babilonia, città che Alessandro aveva scelto come ultima dimora. Lo stratega geniale, che aveva saputo fondere la cultura macedone a quella persiana promuovendo i tanto criticati matrimoni misti, non era stato in grado di coltivare un tralcio di edera, pianta sempreverde consacrata a Dionisio, simbolo di immortalità e rigenerazione a cui Alessandro era legato perché gli ricordava l'infanzia in Grecia. Sebbene l'edera sia una pianta quasi infestante, misteriosamente disubbidí alla volontà del condottiero, il quale si accontentò di riposare all'ombra degli alberi secolari che adornavano le terrazze dei giardini babilonesi, costruite a loro volta per un altro capriccio nostalgico. Secondo lo storico Curzio Rufo, l'Eden sospeso sulle mura di Babilonia fu edificato sfidando ogni legge architettonica dall'antico re Nabucodonosor per quietare la nostalgia della sua giovane sposa, che non riusciva ad ambientarsi nei paesaggi aspri e desertici della Mesopotamia e rimpiangeva ogni giorno le verdi colline della Media dove era nata.

Non sappiamo se questa mastodontica cura abbia fatto effetto, ma è certo che dalla nostalgia, come asseriva il filosofo Immanuel Kant, è molto difficile guarire, perché in realtà non si rimpiange mai un luogo, piuttosto un tempo passato in cui siamo stati felici o i giorni futuri in cui lo saremo di nuovo. È il presente con la tediosità dei suoi affanni a essere tremendamente deludente. Sarà per questo che amo frequentare i giardinieri, persone con i piedi piantati per terra ma lo sguardo sempre proiettato verso la prossima fioritura.

«Fintanto che vivrò crederò nell'aprile, | crederò nella primavera», affermava convinta Vita Sackville-West, che non avrà conquistato un impero, ma sapeva di certo come prendersi cura di un tralcio di edera.

5.

Nell'afa di agosto, quando le persiane verdi delle camere da letto al primo piano erano socchiuse a proteggere il riposo pomeridiano dei grandi, noi ragazzini eravamo finalmente liberi di giocare senza controllo.

Ogni Paradiso terrestre ha i suoi frutti proibiti e impone regole inflessibili: la casa di campagna non faceva eccezioni. Era vietato uscire dal cancello della tenuta a piedi o, peggio ancora, in bicicletta; non potevamo dare la caccia alle lucertole e staccare loro la coda, un divieto incomprensibile per noi, perché, come ricorda Chiara Valerio, «l'infanzia non prevede tenerezza», soltanto avventura e curiosità. Ma soprattutto, dopo il fattaccio, non dovevamo per nessun motivo avvicinarci alle foglie e ai fiori della datura, un cespuglio rigoglioso vicino al pollaio che sfoderava a ogni stagione dei voluttuosi calici bianchi a forma di trombetta. Degli scarabei non si erano ancora accorti e quindi continuavamo a catturarli, ma solo i piú belli, quelli con la corazza fluorescente che pedinavamo aspettando che si posassero su un fiore per ubriacarsi di polline. Una volta acchiappati con un retino e imprigionati in una scatola di cartone, con delicatezza chirurgica legavamo a una zampetta posteriore uno spesso filo di cotone, attenti a non rovinare le ali, poi li lasciavamo liberi nell'aria tenendo stretto in mano l'altro capo del filo. Non tutti sopravvivevano all'operazione, ma i superstiti si trasformavano in meravigliosi aquiloni volanti che seguivamo correndo, con una felicità che credo di non aver mai piú provato. I coleotteri brillavano nel sole con i loro colori cangianti, emettendo un ronzio rauco che sembrava il russare del nonno; e quel ronfo potente, che ora immagino fosse un lamento doloroso, scatenava in noi un'ilarità irrefrenabile. Ripensandoci adesso, mi vengono i brividi. Se la natura è matrigna, come ci spiegò anni dopo Giacomo Leopardi, noi eravamo – se è possibile – ancora piú crudeli.

Ma alla datura non ci siamo piú avvicinati, dal giorno dell'incidente che ha quasi mandato in ospedale Santuccio, il figlio dei contadini, mio inseparabile compagno di giochi. Ci tenevamo alla larga da quel cespuglio incriminato che mio nonno voleva far estirpare a tutti i costi, e che alla fine si era salvato grazie all'accorata difesa della moglie Enrica, che non poteva rinunciare a quelle trombette candide per comporre i suoi mazzi di fiori.

Per sventare ogni altro disastro, la nonna ci aveva ammoniti con la stessa gravità che deve aver usato il Padreterno con Adamo ed Eva riguardo all'albero della conoscenza. Ma chi avrebbe mai sospettato che un'innocua pianta fiorita nascondesse un veleno tanto potente da mandare all'altro mondo un essere umano? Per fortuna Santuccio se l'era cavata con una forte indigestione, ma prima aveva dato un po' di matto rivelandomi, fra l'altro, che i bambini non nascevano dall'ombelico come mi aveva assicurato mia madre. Le pupille dilatate, mi guardava ridendo, sparando grosse panzane a raffica, poi all'improvviso è collassato sul prato. Il mio peccato originale era stato quello di avergli preparato degli splendidi manicaretti a base di semi e fiori del giardino, inclusa la datura, spuntini che di solito cucinavo quando giocavamo a marito e moglie. Non sono mai stata una grande cuoca, però a mia discolpa posso aggiungere che, al contrario di Eva, non ero stata avvertita delle oscure proprietà di questa pianta cosí attraente. «O natura, o natura, | perché non rendi poi | quel che prometti allor? perché di tanto | inganni i figli tuoi?»

Da quel giorno ho capito che l'Eden della nostra infanzia e tutti i Paradisi terrestri perduti o ritrovati sono luoghi pieni di insidie e pericoli, ma sono stati i romanzi di Agatha Christie piú che le poesie di Giacomo Leopardi ad aprirmi gli occhi.

Agatha Mary Clarissa Miller, nota come Agatha Christie, è la scrittrice piú venduta al mondo: ben due miliardi di libri, tradotta in piú di cento lingue, addirittura in swahili. E, se ci pensiamo, è anche la serial killer piú letale, visto che tra le pagine dei suoi romanzi e racconti gialli ha sterminato centinaia di vittime (c'è chi dice siano quasi trecento) e la maggior parte per avvelenamento.

È il veleno l'arma preferita, il marchio di fabbrica di questa epica giallista: «Il Veleno ha un certo fascino. Non ha la crudezza del proiettile di un revolver né quella del coltello». E soprattutto, si trova facilmente in natura, mimetizzato nella bellezza di piante insospettabili. A dimostrare che ogni giardino, per quanto incantevole, cela un *dark side* imponderabile, proprio come l'animo umano che Agatha amava esplorare con la passione di un'entomologa.

Mi viene subito in mente la sua creatura prediletta: Miss Marple, l'irriducibile nonnina detective che dalle aiuole del suo giardino risolve misteri piú intricati dei tralci di un glicine.

> È necessario avere un passatempo [...], il mio è sempre stato la Natura Umana. Cosí varia e cosí... affascinante! [...] [A forza di studiarla] si finisce per classificare le persone proprio come se fossero uccelli, fiori...

E si finisce anche per eliminarle senza pietà con le armi piú sofisticate.

Agatha cresce a Ashfield, la grande casa di famiglia vicino a Torquay, il gioiello della English Riviera, un borgo balneare nel Devon che, con le sue stradine, il porto e la ruota panoramica, rappresenta ancora oggi la quintessenza dell'essere inglesi. Fin da bambina, il mondo di Agatha, proprio come per il personaggio di Miss Marple, si racchiude nel grande giardino che circonda la casa. La piccola scorrazza tra l'orto – generoso di piante, mele verdi e cespugli di mirtilli – e la distesa erbosa punteggiata di lecci e abeti. Appena può si arrampica come una gatta sulla maestosa wellingtonia, un'imponente sequoia considerata il gigante buono che veglia sulla casa. Ma questo spazio incantato dell'infanzia non potrà proteggerla per sempre, quando anche un solitario pezzetto d'Inghilterra come Torquay non viene risparmiato dagli orrori della Prima guerra mondiale che nel frattempo ha sconvolto l'Europa. Senza pensarci troppo, Agatha, poco piú che ventenne, si arruola tra le infermiere volontarie dell'ospedale cittadino, per assistere i giovani soldati feriti e mutilati che arrivano dal fronte.

L'impatto con la piú semplice delle fasciature non è dei migliori, ma è tutta eccitata se deve spidocchiare la testa di un militare sporco come il peccato: nell'aristocratica Ashfield i pidocchi non si erano mai visti. Certo, la prima volta che assiste a un'operazione per poco non sviene, racconta che dovettero condurla a braccia fuori della sala operatoria: «Non avrei mai pensato che la vista del sangue potesse farmi svenire». La futura giallista non immagina il destino che l'aspetta: di lí a pochi anni diventerà una maestra indiscussa nel descrivere nei dettagli ogni tipo di decesso, e la morte che la spaventava cosí tanto da ragazza sarà per lei un'inseparabile compagna di viaggio che l'aiuterà a costruire una carriera formidabile.

Per evitare un contatto troppo ravvicinato con il dolore, Agatha lascia le corsie dell'ospedale e si impiega al dispensario. Non ha nessuna cognizione di chimica e preparazioni, ma compensa l'inesperienza con una incredibile curiosità. L'attività dietro le quinte della farmacia è per lei una vera rivelazione, e la distrae dal pensiero angoscioso del fidanzato al fronte. Archie Christie è partito insieme a tanti altri giovani, e ogni giorno Agatha è costretta a vedere con i propri occhi le conseguenze devastanti del conflitto che sta annientando la sua generazione. Il dispensario diventa per lei un rifugio e, senza saperlo, un corso di studi che le tornerà assai utile in futuro.

Passa le giornate a realizzare gli unguenti e le medicine che servono all'ospedale per curare i pazienti, intrugli allora composti per la maggior parte da veleni estratti dalle piante. Una delle piú antiche testimonianze dell'uso del mondo vegetale in medicina risale alla notte dei tempi. Studi recenti sull'Uomo di Neanderthal testimonierebbero addirittura l'impiego di piante officinali ben trentamila anni fa, grazie al ritrovamento di frammenti di queste erbe nella dentatura di alcuni ominidi rinvenuti nel sito di El Sidrón, in Spagna. E chissà, forse proprio la famosa ragazza di Neanderthal celebrata nel bellissimo romanzo di Claire Cameron sarà stata una delle prime cacciatrici botaniche della storia.

Mentre in Egitto, tremilacinquecento anni fa, quindi molto prima che Hercule Poirot, l'investigatore belga protagonista dei gialli di Christie, risalisse il Nilo, esistevano scuole che formavano medici «ultraspecializzati» nell'uso di erbe curative, come riporta il Papiro Ebers che cita almeno cinquecento sostanze e preparati a base di piante.

Nel 1814, il medico spagnolo Mathieu Orfila pubblicò il *Trattato de' veleni*, che elencava tutti i veleni conosciuti di origine vegetale, animale e minerale. Un libro che diventerà il testo di riferimento per la tossicologia moderna, ed è sorprendente pensare che ancora oggi il sessanta per cento delle medicine in commercio derivi o si ispiri al mondo vegetale. Da sempre l'uomo ne studia le proprietà mediche, ma spesso è incappato, come me, in qualche piccolo errore di percorso. Le piante possono guarire, ma anche uccidere, il confine è sottile come la tela di un ragno, che per la cronaca è utilissima per cicatrizzare le ferite. Agatha non si risparmia, e in brevissimo tempo impara tutto quello che c'è da sapere sulle specie piú misteriose e sui veleni piú letali. Ma soprattutto familiarizza con i dosaggi, perché, come diceva Paracelso, il piú grande medico e alchimista del Rinascimento, «nulla è di per sé veleno, tutto è di per sé veleno, è la dose che fa il veleno».

Per non mandare al creatore i pazienti dell'ospedale, Agatha prende lezione dal miglior farmacista di Torquay, un tipo misterioso che lei stessa, nella propria biografia, chiama soltanto «Mister P.». Un eccellente maestro, ma un uomo a dir poco inquietante: parla poco, sempre e soltanto di veleni, e quando è in buona, si vanta di portare nella tasca della giacca una fiala di curaro, perché «lo fa sentire importante».

Nel retro della farmacia, Mister P. maneggia arsenico e acido prussico come farebbe uno chef con lievito e zucchero, e grazie alle sue lezioni Agatha conquista una reale competenza scientifica, che metterà in pratica nella futura carriera letteraria. Si ricorderà di lui cinquant'anni dopo, quando tratteggerà, forse per omaggiarlo, la sinistra figura del farmacista nel romanzo *Un cavallo per la strega*, uno dei pochi gialli che non vede la presenza degli investigatori prediletti della scrittrice.

Ed è proprio durante i lunghi pomeriggi trascorsi al dispensario, circondata da piante e veleni, che Agatha dà vita al suo romanzo d'esordio, *Poirot a Styles Court*. La scrittrice ha già tentato di pubblicare racconti, ma senza successo. E visto che nei momenti di pausa divora le storie poliziesche di Arthur Conan Doyle e del suo famigerato Sherlock Holmes, si convince ad architettare un poliziesco. La sorella Madge scommette che non riuscirà a portarlo a termine, e Agatha non può che raccogliere la sfida. Progetta la trama fra le boccette con il teschio del dispensario, e la prima cosa da decidere è l'arma del delitto: la scelta cade sulla stricnina. «Siccome ero circondata dai veleni, forse era naturale che la morte per avvelenamento sarebbe stato il mio metodo prescelto».

La micidiale stricnina viene estratta dai semi di due piante molto comuni, la strychnos nux vomica e la fava di sant'Ignazio, ed è considerata il veleno ideale per un narratore di gialli, perché viene facilmente assorbita dal tratto gastrointestinale, solo dopo un'ora dall'assunzione i muscoli del collo e del viso si irrigidiscono e il corpo viene scosso da tremende convulsioni. L'agonia può durare a lungo, la povera vittima rimane lucida, sente la morte sopraggiungere però non può fare niente per fermarla, mentre l'assassino, indisturbato, ha già abbandonato il luogo del delitto senza lasciare tracce.

Proprio l'ottima conoscenza degli effetti dei veleni sarà l'elemento piú apprezzato di questo romanzo pubblicato nel 1920. «The Pharmaceutical Journal» scrive che i veleni sono «trattati con profonda competenza, senza tutte le assurdità di cui abbonda questo tipo di letteratura». Una grande soddisfazione che riempie la giovane Agatha d'orgoglio, anche perché ha impiegato ben quattro anni per farsi pubblicare. Il suo esordio vende la bellezza di duemila copie, che rappresentano un discreto successo e, cosa piú importante, le fanno vincere la scommessa con la sorella. Le difficoltà che le autrici incontrano all'epoca per conquistare la fiducia di una casa editrice sono notevoli, nel migliore dei casi vige la norma di farle firmare con uno pseudonimo maschile per rassicurare il mercato, senza contare che è abbastanza inaudito che una donna si cimenti nel genere poliziesco. L'editore di Agatha si rivela particolarmente illuminato e lascia in copertina il vero nome dell'autrice, che nel frattempo si è sposata con Archie, tornato sano e salvo dalla guerra.

Altre grandi scrittrici, invece, dovettero piegarsi a questa riprovevole usanza. Jane Austen e Charlotte Brontë all'inizio furono costrette a usare pseudonimi maschili, e Mary Shelley riuscí a mettere il proprio nome in copertina solo dopo che la prima edizione del suo *Frankenstein*, firmato «Anonimo», ebbe enorme successo.

È chiaro che all'epoca susciti un certo scalpore il fatto che ad architettare una trama cosí complessa come quella di *Poirot a Styles Court* sia stata una donna. Il romanzo non è soltanto l'esordio nel genere poliziesco di Agatha, ma anche di un personaggio che diventerà celeberrimo: Hercule Poirot, il detective belga dai «magnifici baffi e la testa a forma d'uovo».

Per crearlo, Christie all'inizio pensa di prendere spunto dalla figura di Sherlock Holmes, poi invece decide per qualcosa di piú originale. Poirot è un profugo arrivato dal Belgio per ricostruirsi una vita, proprio come molti rifugiati che dal continente si trasferirono in Gran Bretagna per sfuggire alla distruzione della Prima guerra mondiale. A pensarci bene, è un elemento di grande modernità, un po' come se in un giallo di oggi il detective fosse un profugo curdo o siriano.

E poi, è l'approccio investigativo di Poirot a fare la differenza. Il suo metodo non è puramente deduttivo o un po' pazzoide come quello di Holmes, ma piuttosto incentrato sull'osservazione della natura umana e della psicologia dell'assassino. È il movente del delitto ad animare le storie: perché gli assassini uccidono? E soprattutto, come ci riescono? Questo interessa alla scrittrice, che comincia a elaborare trame sempre piú intricate che rappresentano la punta di diamante dell'epoca d'oro del romanzo poliziesco, in un periodo tra gli anni Venti e i Quaranta del Novecento nel quale un pugno di autori inglesi definisce le regole del genere.

Non è un caso che tutto accada in Inghilterra, un paese dove all'epoca i tonici prescritti contengono stricnina, l'oppio è un semplice farmaco da banco e nessun giardiniere che si rispetti è sprovvisto di cianuro di potassio per sterminare le colonie di afidi. Nel frattempo, la rivoluzione industriale ha reso comune l'uso dell'arsenico che si può trovare davvero ovunque, e quindi non poteva che nascere in Inghilterra il primo «giardino dei veleni» dedicato alla scrittrice piú esperta nel campo.

Il Potent Plants Garden di Torre Abbey, a Torquay, è ancora oggi un Paradiso terrestre popolato solo di insidie, un posto che gli appassionati del genere devono assolutamente visitare. All'ingresso non c'è il solito, noioso cartello «Non calpestare le aiuole», ma un inquietante «Non toccate le piante!» Ed è meglio rispettarlo, perché il capo giardiniere, Ali Marshall, ha studiato a fondo vita e opere di Agatha Christie, realizzando con amore un giardino tappezzato delle piante velenose che sono state protagoniste dei suoi romanzi.

Camminando per i vialetti, all'ombra dell'antica abbazia, tra le tombe dei monaci e le rovine medioevali, ci si imbatte in eleganti siepi di tasso, che forse non tutti sanno essere letale in ogni parte e molto utilizzato dagli antichi Romani. Chi ha letto *Polvere negli occhi* di Agatha sa bene che dal tasso si estrae la tassina, una sostanza assai pericolosa con cui viene uccisa la prima vittima del romanzo, il vecchio e ricchissimo Rex Fortescue. Il veleno, dall'effetto istantaneo, ha un gusto decisamente amaro, e la scrittrice, per coprire il sapore sospetto, pensa bene di mischiarlo a della marmellata di arance servita al malcapitato su un *grilled toast*, per una colazione molto british. La tradizione è rispettata, visto che anche Shakespeare usava spesso la tassina nelle proprie opere, benché forse con meno garbo. Il padre di Amleto, per esempio, viene ucciso con una dose del potente veleno versata nell'orecchio, e muore tra gli spasmi dopo una tremenda agonia.

Nel Potent Plants Garden scorgerete anche macchie di viola intenso. È la digitale purpurea: «il fiore ha come un miele | che inebria l'aria; un suo vapor che bagna | l'anima d'un oblío dolce e crudele». Persino l'innocuo Giovanni Pascoli si era accorto che la digitale è una pianta sí curativa ma molto pericolosa, da cui si estrae una sostanza, la digitossina, la quale, assunta in piccole dosi, può regolare il battito cardiaco; ma presa in quantità massiccia procura un'overdose fatale, come succede in un altro celebre romanzo di Christie, *La domatrice*. In questo caso, l'assassino o l'assassina – lungi da me spoilerare un giallo – raddoppia di mezzo milligrammo la dose che la signora Boynton, una crudele ricattatrice, assume ogni giorno. Il killer sa bene che il sovradosaggio provoca un'azione drastica sul sistema simpatico: in breve il cuore si trasforma in un tamburo impazzito pronto a scoppiare, e il gioco è fatto.

Secondo recenti studi clinici, la digitale avrebbe influenzato anche la storia dell'arte. Nel famoso *Ritratto del dottor Gachet*, Vincent van Gogh ritrae sul tavolino al quale il dottore è malinconicamente appoggiato una piantina di digitale fiorita. Non è un dettaglio messo a caso. Il dottor Gachet era il medico di Van Gogh, e curava le continue crisi nervose dell'artista proprio con la digitossina, che all'epoca si utilizzava per combattere l'epilessia. Secondo gli studiosi, però, tirava un po' a indovinare con le dosi e avrebbe avvelenato Van Gogh per mesi, stimolandogli allucinazioni e visioni violente, forse le stesse che hanno provocato le tempestose pennellate del suo «periodo giallo».

Non so se dovremmo ringraziare il dottor Gachet per il contributo che la sua opera medica ha dato all'arte, ma è certo che le proprietà di molte specie vegetali si sono pericolosamente trasformate in letteratura psichedelica negli anni Settanta, e sono comparse nei manuali alternativi a uso di fricchettoni alla ricerca di Paradisi terrestri artificiali. In mancanza di datura o digitalis, i piú spericolati figli dei fiori sono anche arrivati ad abbrustolire innocue bucce di banana pur di provare uno straccio di allucinazione.

Se non si possiede la sapienza di Agatha, è sempre meglio evitare improvvisazioni con il mondo vegetale: gli effetti collaterali di queste avventure casalinghe non si limitano a dei semplici viaggi a buon mercato, ma possono diventare letali. Come nel caso della belladonna, cespuglio fiorito della stessa famiglia delle melanzane che contiene nelle sue fibre l'atropina, sostanza presente ancora oggi in molti medicinali omeopatici ma che, se usata in forti dosi, può provocare allucinazioni, visioni oniriche e addirittura la sensazione di poter volare. Si dice che nel Medioevo fosse la droga preferita delle streghe, e che nel Rinascimento le aristocratiche donne veneziane ne versassero poche gocce negli occhi per dilatare le pupille e rendere piú attraente lo sguardo.

Nel romanzo *Miss Marple nei Caraibi*, la belladonna è nascosta in una crema di bellezza che provoca turbe psichiche alla povera protagonista. L'idea di Agatha Christie di utilizzare i principî attivi di piante e medicinali di uso comune per uccidere è terribilmente moderna. Gli scrittori di gialli dell'epoca preferivano *modus operandi* molto arzigogolati, diciamo pure assurdi: archibugi fumanti celati nella torre di un castello, giavellotti, lame nascoste negli ombrelli... Invece lei, con grande intuito letterario, capisce che è proprio nella normalità quotidiana che si annida il male. Anche se preferiva veleni facili da rintracciare per aumentare il realismo delle storie, ogni tanto Agatha ha pescato dal passato sostanze tossiche antiche e dimenticate.

È il caso della ricina, con cui l'assassino farcisce panini imbottiti nel racconto *La morte è di casa*. È un veleno che si ottiene dai semi della pianta del ricino, noto ai tempi dei Romani e poi caduto nell'oblio. L'utilizzo che Agatha fa di questa sostanza in disuso è molto innovativo per i suoi tempi ed è tornato attuale grazie alla celebre serie televisiva *Breaking Bad*, dove il protagonista Walter White la usa per condire fajitas ultrapiccanti e aromatizzare sigarette piú letali del solito, da offrire a chiunque minacci di svelare il suo commercio di stupefacenti fatti in casa.

Bastano otto semi di ricino per una dose fatale, ed è un veleno che agisce dopo alcuni giorni dalla somministrazione, dando quindi all'assassino il tempo di crearsi un solido alibi. Ma nella vita reale, quella che è ormai soprannominata «la lady killer piú spietata del genere poliziesco» è una tranquilla signora inglese dal sorriso dolce e rassicurante, con un'elaborata impalcatura di boccoli a incorniciarle il viso. Lei stessa si definisce una semplice casalinga, e afferma candida di scrivere «romanzetti» solo per divertirsi: «Certo, scrivevo anche libri, ma non ho mai ritenuto che rientrasse nell'ambito pomposo di una "carriera". Mi sarebbe sembrato ridicolo».

Quello che con falsa modestia Agatha considera un hobby, grazie al crescente successo di vendite le permetterà nel tempo di esaudire il sogno che accarezza da sempre: tornare a vivere in campagna, in una casa con un giardino degno di Ashfield, la vecchia dimora di famiglia che era stata venduta dopo la morte dei genitori. Grazie ai lauti guadagni editoriali, ancor piú straordinari perché conquistati da una donna, la scrittrice acquisterà una casa a Torquay; una villa in perfetto stile georgiano, incastonata in duecentosettantotto acri di magnifico parco. Greenway House, il suo Paradiso terrestre.

Nel nuovo Eden Agatha può tornare a piantare, zappare, concimare. E in breve trasforma un trascurato tappeto d'erba in un giardino vivace e movimentato, ricco di aiuole lussureggianti, macchie di specie tropicali portate dai suoi viaggi e, quasi un omaggio al proprio successo, molti alberi di mandorle amare, frutto proibito da cui si estrae il veleno piú utilizzato da Christie nei romanzi: il cianuro. Ne bastano meno di cinquecento milligrammi per essere mortale, ha un'azione rapidissima e si può mettere dappertutto. La scrittrice lo usa spesso nei libri mischiandolo persino allo champagne, e lo ritroviamo anche nell'arcinoto *Dieci piccoli indiani*. In questo caso, in un'iniezione letale nel braccio della terribile Emily Brent, che lascia come traccia una minuscola bollicina fatta passare all'inizio per una puntura d'ape.

Purtroppo, la maestria con cui la scrittrice padroneggia le trame omicide non le è di nessun aiuto per salvare il matrimonio con Archie. Con lui ha viaggiato, ballato e surfato sulle onde dell'oceano, pioniera di questo sport modernissimo: è stata addirittura fra le prime donne al mondo ad affrontare l'impeto del mare in piedi sulla tavola, sfidando il pericolo a testa alta. Ma riuscire a mantenere gli equilibri sentimentali è tutt'altra faccenda, e quando Agatha capisce che il marito ha un'amante e vuole divorziare a ogni costo, il suo universo sprofonda negli abissi.

Siamo nel 1926. Da pochi mesi è arrivato nelle librerie *L'assassinio di Roger Ackroyd*, capolavoro poliziesco che rivoluzionerà la carriera della scrittrice. E in una notte innevata di dicembre accade un evento incredibile: Agatha Christie scompare. La sua auto, una Morris Cowley grigia che ha sempre guidato con fierezza, la mattina dopo viene ritrovata abbandonata in un fosso a diversi chilometri da casa, sulla sponda del Silent Pool, un laghetto che la leggenda vuole popolato dei fantasmi degli annegati.

Della scrittrice, nemmeno l'ombra.

Il mistero s'infittisce. Tutti i giornali pubblicano in prima pagina la foto di Agatha. Persino «The New York Times» titola a caratteri cubitali *La signora Agatha Christie, romanziera, scompare in modo strano dalla sua casa in Inghilterra.* I detective, lettori appassionati dei suoi romanzi, sanno che l'assassino alla fine delle indagini è sempre il personaggio piú ovvio: non a caso i sospetti ricadono subito sul marito Archie, che cerca di apparire inconsolabile ma si scopre che negli ultimi mesi si è platealmente accompagnato a un'altra donna, la giovane e affascinante Nancy Neele. Lo mettono sotto torchio, e dopo quarantotto ore di interrogatorio da parte dei piú duri di Scotland Yard, Archie rivela che la sera prima della scomparsa aveva chiesto il divorzio ad Agatha, già molto provata dalla recente morte della madre Clara. Ma l'ha davvero uccisa lui? O forse la geniale lady killer ha montato il mistero della propria scomparsa come stratagemma pubblicitario? Sembra una storia uscita da un suo giallo, solo che non c'è Poirot a indagare e la polizia brancola nel buio.

Intanto, il nuovo romanzo di Christie balza in testa alle classifiche di vendita e i giornali si impadroniscono del caso piú sensazionale dell'anno, offrendo una lauta ricompensa per chi aiuterà a ritrovare la scrittrice. Arthur Conan Doyle in persona si interessa al mistero e consegna a un sensitivo di sua conoscenza un guanto di Agatha, per dare un nuovo impulso alle ricerche. Nel corso di undici lunghi giorni di angoscia, quindicimila persone passano al setaccio la brughiera e dragano fiumi e stagni, mentre un aeroplano sorvola la zona. Ma niente: di Agatha, viva o morta, non ci sono tracce.

Fino a che, il 14 dicembre, squilla il telefono a Scotland Yard. All'altro capo del filo ci sono due musicisti, un po' allarmati e un po' sbronzi, che affermano di aver visto una donna che assomiglia a Christie durante uno dei loro concerti all'*Hydropathic Hotel* di Harrogate, pacifica città termale dello Yorkshire, e invitano i poliziotti a raggiungerli.

Non ci mettono molto a trovarla, visto che Agatha sta serenamente bevendo una tazza di tè nella lounge room dell'albergo. Quando le chiedono conto della sua scomparsa, lei risponde candida di non sapere di cosa stanno parlando e di chiamarsi Miss Neele. Sí, Agatha si è registrata con il cognome dell'amante del marito, la donna che voleva sostituirsi a lei. Coincidenza? O una irresistibile vendetta sentimentale?

La verità su quella strana sparizione non è mai venuta a galla. «Amnesia per stress depressivo», recita l'incartamento con cui la polizia chiude il caso. Ma la trama sembra troppo perfetta per essere autentica. Fra tanti delitti e intrecci misteriosi che Agatha ha costruito per il pubblico, l'oscuro episodio della sua scomparsa è rimasto per sempre irrisolto, una ferita profonda nella sua esistenza di cui non ha mai voluto parlare. Persino nella sua dettagliata autobiografia non fa mai cenno a quei giorni drammatici. L'unico indizio che ci resta è una sibillina citazione di Keats, il poeta piú amato dalla scrittrice: «Come scacciare il ricordo che si annida nei miei occhi?», che Agatha commenta cosí:

> Nel ripercorrere a ritroso il viaggio che è stato la nostra vita, abbiamo il diritto di ignorare i ricordi che non ci piacciono [...] e dirci: «Sí, è accaduto, ma ora è finito. È soltanto un filo nel tessuto della mia esistenza che non posso rifiutare, ma sul quale è inutile soffermarsi».

Per fortuna, dopo questa esperienza traumatica, la vita vera di Agatha imbocca una nuova strada che la porterà dritta a un lieto fine. Dopo essersi sbarazzata di Archie, di cui mantiene solo il cognome che l'ha resa famosa, la scrittrice inaugura una stagione di viaggi avventurosi, primo fra tutti il mitico itinerario sull'Orient Express, su cui s'imbarca da sola fino a Beirut. In Medioriente conosce Max Mallowan, un affascinante archeologo che sposa senza indugi dando inizio alla seconda, favolosa parte della sua esistenza.

Lui si è dichiarato cosí: – Sono uno scavatore di morti potrò mai piacerti?

E lei, con il suo sintetico humour inglese, gli ha risposto convinta: – Un archeologo è il marito migliore che una donna possa avere: piú lei invecchia, piú lui la troverà interessante.

Il lavoro del nuovo marito sarà un'incredibile fonte di ispirazione per i suoi romanzi, in particolare per quello che la rende – se è possibile – ancora piú famosa: *Poirot sul Nilo*. La scrittrice, vera appassionata di archeologia, segue Max come assistente nelle spedizioni piú impervie, e pare che i meravigliosi avori trovati negli scavi di Nimrud, in Iraq, oggi esposti al British Museum, siano cosí ben preservati perché Agatha li ha puliti pezzo per pezzo con del cotone idrofilo e la crema idratante per il viso da cui non si separa mai.

La coppia rimane insieme fino alla fine, unita non soltanto dall'amore, ma soprattutto del cemento fondamentale di ogni relazione: un'immensa stima reciproca. Sentimento che invece la scrittrice non prova per l'investigatore che ha fatto la sua fortuna. Agatha giudica il povero Hercule Poirot dai baffetti impomatati irritante e ossessivo, l'avrebbe eliminato volentieri molto prima della sua definitiva uscita di scena, e si chiede sarcastica: «Chi mai lo contatterebbe come detective?» Ma lui piace cosí tanto ai lettori che Christie è costretta a tenerlo in vita a lungo. Già negli anni Trenta ha provato a spedirlo in campagna a coltivare zucche, ma il pubblico lo ha reclamato a gran voce e lei è stata obbligata a richiamarlo in azione in altre decine di romanzi.

Dobbiamo aspettare il 1975 per vedere il buffo ometto uscire di scena, nel romanzo *Sipario* che Christie, in realtà, ha scritto almeno vent'anni prima e chiuso in un caveau in attesa del momento giusto per farlo fuori. Anche in questo ultimo atto non può mancare un avvelenamento rocambolesco e all'apparenza insospettabile: una pozione arricchita con estratto della fava del Calabar, vegetale cosí tossico da essere bandito da ogni ricettario medico. Un'arma del delitto ideale per la nostra lady killer, che Winston Churchill descrive come «la donna che, dopo Lucrezia Borgia, è vissuta piú a lungo a contatto col crimine».

In realtà Agatha continua a vivere pacificamente nel Paradiso di Greenway House, che definisce «il posto piú bello del mondo» e che, grazie alla sua cura giardiniera, diventa ancora piú speciale. È facile vederla in ginocchio zappettare le bordure di dalie, la sua ossessione: ne colleziona decine di varietà dai colori sgargianti, che sistema con precisione matematica seguendo il disegno che ha tracciato per interi pomeriggi nel suo studio. Non è un caso che Miss Marple, nel racconto *I quattro sospetti*, venga a capo di una serie di misteriosi delitti risolvendo un rebus legato proprio a differenti specie di dalie: bulbose bellissime e per fortuna prive di ogni veleno.

Agatha trascorrerà nel suo Eden ogni estate fino all'ottantaseiesimo compleanno, circondata dall'affetto della famiglia, scrittrice e giardiniera instancabile ma soprattutto nonna amorevole che per Natale, invece di regalare al nipotino un trenino elettrico, ha pensato bene di intestargli i diritti di *Trappola per topi*, il suo successo teatrale piú longevo. Di sicuro un gran regalo, visto che il dramma va ancora in scena a Londra dal lontano giorno del debutto, nel 1952.

Negli ultimi anni della sua esistenza, Agatha ammette di sognare la vecchia casa di Ashfield che l'ha vista bambina, ma non si è mai preoccupata di ricomprarla.

> Ashfield era esistita una volta, ma il suo tempo era passato. E poiché quel che è esistito esiste per l'eternità, pensarci non mi causava piú sofferenza.

Una saggezza di grande ispirazione, ottima per arginare ogni rimpianto nostalgico.

Io comunque non ho resistito alla tentazione di piantare un cespuglio di datura nel mio piccolo Paradiso salentino. Non faccio altro che avvertire del suo pericolo chiunque si avvicini. Mi causa piú stress che dolci ricordi, sarebbe stato piú semplice avere in casa delle *madeleines* sempre a portata di mano, ma ognuno ha avuto l'infanzia che si merita e la vista di quei tromboncini candidi che ciondolano dai rami cullati dal vento inspiegabilmente mi rincuora.

Una piccola paura che ha il potere di mettere in fuga ombre piú minacciose, ma ora che sono diventata nonna forse lo toglierò di mezzo.

Forse…

6.

Che profumo ha il Paradiso?

Credo che ogni luogo incantato possieda un aroma particolare. Di sicuro nell'Eden primigenio sarà stata predominante la fragranza dei fiori che sbocciavano in abbondanza in un'eterna primavera, senza che né Adamo né Eva, né tantomeno prima di lei Lilith (che pare fosse ancora piú caratteriale e poco propensa a compiacere chicchessia), insomma, senza che nessuno degli abitanti di questo giardino fecondo avesse mai messo mano a una zappetta né si fosse preoccupato di sterminare gli afidi che di solito invadono le povere rose di noi comuni mortali.

Per non parlare dei frutti, i quali, come riportano le sacre scritture, maturavano ininterrottamente sugli alberi per la gioia della celebre coppia che certo non poteva mangiarseli tutti. E immagino che con la stessa ossessiva continuità molti marcissero trasformando il prato paradisiaco in un pastrume maleodorante, un possibile motivo di quella che – piú che una cacciata – potrebbe essere stata una vera e propria fuga.

Di questa versione, però, non si trova traccia neanche nei Vangeli apocrifi. Ma in verità non c'è niente di piú personale del senso dell'olfatto: quella che a un naso comune può sembrare una puzza irresistibile, per qualcun altro è invece un profumo paradisiaco. Friedrich Schiller, poeta e filosofo tedesco famoso per le profonde dissertazioni sull'animo umano, era fatalmente attratto dal nauseabondo fetore delle mele marce, al quale attribuiva un potere quasi taumaturgico capace di alimentare l'ispirazione. Secondo una sua dotta spiegazione scientifica, il gas metano emanato dalla decomposizione dei frutti provocava un senso di vertigine che stimolava la creatività. Non a caso quando scriveva si circondava di intere cassette di mele in putrefazione, tanto che il suo studio – come rivelò con un certo stupore l'amico Johann Wolfgang von Goethe – era pervaso da quello sgradevole effluvio.

Ognuno ha il diritto di rincorrere il proprio Eden seguendo gli indizi sensoriali che preferisce. Virginia Woolf, per esempio, che dichiarava convinta: «Talvolta penso che il Paradiso sia leggere continuamente, senza fine», avrà di sicuro preferito a una bottiglietta di prezioso profumo l'odore della carta dei libri, fragranza deliziosa che gli appassionati del genere conoscono bene: li individuate a prima vista perché, appena aprono un volume fresco di stampa, non possono fare a meno di affondare le narici tra le pagine per inspirare con voluttà il benefico aroma. Anch'io faccio parte della compagnia, ed ecco il motivo per cui non provo lo stesso piacere con gli e-book, i quali, seppur preziosissimi in viaggio, sono privi di qualsiasi bouquet.

Per supplire a questa grave lacuna olfattiva, un'azienda moldava ha messo in vendita *Smell of Books*, uno spray in cinque differenti profumazioni che «sanno di libro», ideali per accompagnare la lettura digitale. Il piú richiesto pare che sia *Scent of Sensibility*, pensato per le donne che vogliono sentire «l'odore di cavalli, violette e pot-pourri, come in un romanzo di Jane Austen». Non possiamo sapere se queste note al sentor di brughiera avrebbero soddisfatto la nostra Virginia, ma l'enorme mercato che da secoli si occupa di saziare la nostra fame olfattiva non può che confermare una delle prime leggi del Paradiso perduto: «Nulla risveglia un ricordo quanto un odore». Lo ha detto perentorio Victor Hugo, e insieme a lui una folta schiera di scrittori e scrittrici ha continuato a ricordarci quello che il nostro inconscio sa da una vita: il profumo è una luce, un lampo accecante che esplode all'improvviso nel cervello e, come una portentosa macchina del tempo, ci trascina in luoghi dimenticati che sembravano perduti per sempre.

Inspiro profondamente, concentrandomi sulle narici per far riaffiorare l'odore che piú richiama alla mente la mia infanzia nella casa di campagna. Con gli occhi chiusi, faccio scorrere le immagini, fotogramma per fotogramma, annusando le scene che affiorano alla memoria. Subito arriva deciso l'olezzo della cipria di zia Olga, una nota aspra che sa di muffa mista a mughetto e naftalina. Tutti i bambini si ritraevano al suo abbraccio, mentre ci appendevamo entusiasti al collo del marito, lo zio Adamo, che profumava di sapone di Marsiglia e colonia alla menta. Il fratello di nonna Enrica era alto, con gli occhi azzurri e le sopracciglia cespugliose, cosí candide da sembrare ripassate col bianchetto. Facevamo a gara per conquistare la sua attenzione: era sempre allegro e ci faceva giocare a cavalluccio sulle ginocchia cantando le canzoni sudamericane che aveva imparato in Argentina, dove era andato a fare fortuna. E credo l'avesse fatta, visto che era tornato con tanti regali e la zia Olga, la nuova moglie che non piaceva a nessuno. Era decisamente bruttina, troppo bassa per gli standard familiari, con un faccino che pareva una prugna secca; ma non si poteva dire, perché aveva ridato il sorriso allo zio che aveva sofferto tanto. Cosí affermava la nonna, e nessuno osava contrariarla. Lo zio Adamo aveva un numero scarabocchiato sul braccio con l'inchiostro nero, ma neanche di questo si poteva parlare ad alta voce. Nonno, invece, odorava di polvere da sparo e tartufo, ma non era un problema perché non prendeva mai in braccio nessuno. La zia Lella sapeva di tuberose, come il bouquet che portava nei capelli quando si è sposata. Io non ero nata, ma ho visto la fotografia e quindi sarà stato di sicuro cosí. La stalla profumava di cacca fresca buonissima e Anna la cuoca sapeva di cane bagnato, ma nemmeno uno di questi indizi che si rincorrono nella mia memoria rappresenta la vera essenza olfattiva del mio Paradiso perduto.

C'è solo una fragranza che si fa strada con prepotenza fra tutte le altre sfumature e domina i ricordi. Mi piacerebbe fosse qualcosa di poetico, come l'odore delle mandorle amare che in *L'amore ai tempi del colera* ricorda a Florentino Ariza il destino degli amori contrastati, e invece piú mi concentro e piú sento aleggiare un effluvio deciso e inconfondibile, l'unico che ha il potere immediato di trasmettermi il ricordo gioioso della mia infanzia lontana. È un bouquet inconfondibile composto da sughero, pomodoro e paglia, i tre componenti necessari per preparare a ogni fine stagione la salsa per l'inverno. La paglia faceva da intercapedine fra le bottiglie messe a scaldare nei pentoloni per evitare che si rompessero nell'ebollizione, ma qualcuna scoppiava lo stesso e noi ragazzini applaudivamo felici al disastro, inalando a pieni polmoni quella miscela inebriante che, per quanto abbia annusato qua e là tra le nuove essenze alla moda, nessun *maître parfumeur* ha ancora saputo riprodurre. Ma sono certa che prima o poi la troverò sul mercato, perché i cacciatori di aromi sono alla perenne ricerca di nuove stregonerie per incantare le nostre narici. Nel caso, vorrei un *pomander* personale carico di questo elisir, da attaccare al collo con una catenina d'oro proprio come lo portava Caterina de' Medici.

Si trattava di una specie di gioiello a forma di pomo, adornato di filigrane e pietre preziose, che racchiudeva in ogni spicchio un profumo diverso. Bastava un'annusata veloce per «confortare il cervello e difendersi contro la malizia dell'aria». Le dame rinascimentali non potevano farne a meno e lo sfoggiavano come un accessorio – mai-piú-senza – per impreziosire le toilette piú eleganti. Ma la prima a portarlo in Francia inaugurando una moda fu proprio Caterina Maria Romula bisnipote di Lorenzo de' Medici. Nel 1533, la principessa fiorentina, appena quattordicenne, fu spedita a Parigi per sposare Enrico di Valois, futuro re di Francia, anche lui adolescente e per nulla entusiasta di queste nozze programmate. Ma piú che dalla tiepida accoglienza del futuro marito, la ragazza fu colpita dall'insopportabile fetore che emanava il suo corpo e, in generale, dalla scarsa igiene e dalla rozzezza che regnava nella corte francese. Il confronto con la sua Firenze, piú profumata e civile, era stridente, e Caterina capí che se voleva sopravvivere in quella bolgia infernale doveva subito correre ai ripari e ricreare oltralpe il suo Paradiso natio.

Non c'è stata regina piú infamata, ripetutamente accusata di ogni crimine e iniquità, ma forse, alla fine, è proprio questa pessima stampa a renderla cosí interessante. Anche gli indovini interpellati sul suo destino non avevano presagito nulla di buono, ma Caterina, piú tenace degli auspici di malasorte, riuscirà a tenere saldo il timone del regno e, attraversando impavida guerre, lutti, massacri e complotti, a regalare ben tre figli alla corona di Francia.

L'inizio non è dei piú promettenti: rimane orfana alla nascita, la madre muore di parto e il padre poco dopo di sifilide, e appena adolescente è subito trasformata dalla famiglia in merce di scambio a uso della politica del tempo. Quando arriva alla corte di Francia, scopre che il novello sposo ha già un'amante in pianta stabile, Diane de Poitiers, scaltra, bella e seducente, e a lei non rimane che la parte della moglie remissiva e priva di fascino. Nonostante sia adornata di perle, zibellini e abiti dorati frutto del suo sontuoso corredo, Caterina obiettivamente non è uno splendore ma ha uno sguardo penetrante e un'intelligenza vivace educata alle arti, alla matematica e alla bellezza, e soprattutto un carattere d'acciaio e pieno di risorse. Sotto una maschera arrendevole e obbediente, nasconde una determinazione che saprà sfoggiare a tempo debito. È la discendente di Lorenzo il Magnifico, e non ha nessuna intenzione di restarsene in un angolo a farsi compatire dai cortigiani malevoli. Le dicono che è bassa di statura? E lei inventa i tacchi a spillo disegnando originali calzature che fa realizzare a Firenze da un artigiano di fiducia, inaugurando cosí una nuova moda. «La mercantessa fiorentina», come la chiamano i detrattori, o la «regina mecenate», come invece la definiscono gli ammiratori, riuscirà con inventiva e intelligenza a trasformarsi in un motore culturale del suo tempo, in grado di traghettare con passione nel paese che la ospita le meraviglie del Rinascimento italiano, l'Eden sempre sognato dai monarchi europei. Possiamo quasi definirla una delle prime messaggere del made in Italy, influencer *ante litteram* della cultura umanista e del *socialite* raffinato che, da ambasciatrice regale, importa nella nuova patria, a partire dalle forchette e dai tovaglioli che impone nelle cene di gala, lasciando sbalorditi i commensali che si erano sempre puliti la bocca con la tovaglia.

Mai a corte si erano visti tanti italiani. Caterina chiama a Parigi grandi personalità: architetti, artisti, medici, alchimisti e uno stuolo di cuochi, un esercito di connazionali che invade i palazzi reali pronto a imprimere una *nouvelle vague* al gusto francese. E la rivoluzione comincia come sempre a tavola, dove i suoi chef dettano legge introducendo prodotti sconosciuti ai palati parigini. Come il pomodoro che, importato dall'America grazie a Cristoforo Colombo, non aveva ancora conquistato la gloria che, a mio parere, giustamente gli spetta fra tutti gli ingredienti.

Secondo gli storici dell'arte culinaria, la regina italiana ha avuto il merito di importare in Francia i *macarons*, quei dolcetti colorati che oggi sono il vanto di qualsiasi pasticceria d'oltralpe, ma che in realtà derivano dagli italianissimi baci di dama di tradizione piemontese. E pare che anche la *pasta choux*, necessaria per realizzare i bignè alla base del celebrato *profiterole*, nasca dall'estro del pasticcere della regina, un affronto all'orgoglio nazionale francese che da solo basterebbe a scatenare una guerra. Ma fra i grandi personaggi che ha attratto nel proprio cerchio magico, Caterina ha un debole per Renato Bianco, il suo profumiere personale che, quando la raggiunge in Francia, sceglie il civettuolo nome di René le Florentin.

Le origini di René sono ammantate di leggenda. Si dice che fosse un trovatello allevato dai frati del convento di Santa Maria Novella, educato sin da piccolo alla prestigiosa scuola dell'erboristeria fiorentina da un monaco alchimista che, prima di morire, gli svela i segreti della distillazione delle erbe. Un'arte antica in cui il giovane Renato subito si distingue, creando sofisticate essenze che suscitano ammirazione e meraviglia alla corte dei Medici.

Appena Caterina lo porta con sé a Parigi, le Florentin conquista con i suoi *pomanders* carichi di insolite fragranze gli aristocratici francesi famosi per le discutibili abitudini igieniche, e crea raffinati profumi personalizzati per le nobildonne che se lo contendono spendendo cifre inaudite in cambio dei suoi servigi. Con un colpo di genio imprenditoriale, René apre un elegante negozio in Pont Saint-Michel riconosciuto come la prima profumeria di Parigi, e in breve tempo diventa ricchissimo.

È un uomo ambizioso, assetato di potere, e come un personaggio dei romanzi di Honoré de Balzac, attira su di sé invidie e maldicenze. Viene addirittura accusato di mischiare l'arte della profumeria a quella dei veleni, e si vocifera che nel retrobottega del suo lussuoso negozio prepari misteriosi unguenti che, se applicati di nascosto sulla biancheria intima dei nemici, procurano una morte crudele fra atroci sofferenze. Per non incappare nello sgradevole incidente delle «mutandine assassine», meglio tenerselo amico, come farà Caterina per tutta la vita.

L'alleanza indissolubile tra la regina avvolta da un'aura machiavellica e l'avido René insinuerà negli storici piú maligni il sospetto dell'esistenza di un'associazione a delinquere senza scrupoli, pronta a eliminare con ogni mezzo gli avversari politici pur di mantenere il potere. Ma anche i piú acerrimi detrattori non possono mettere in dubbio il grande talento del «naso» di corte, il quale, in cambio della protezione regale, distilla per la propria mecenate un elisir unico, *L'eau de la reine*, a detta dei testimoni il vero profumo del Paradiso.

Si racconta che l'aroma misterioso e seducente preceda Caterina come una scia anticipando ogni sua apparizione, e rimanga a lungo nelle stanze dopo che si è accomiatata. Esterrefatti e incantati da quel sentore celestiale, tutti si arrovellano per scoprire l'origine del miracoloso bouquet, frutto di una ricetta top-secret che le Florentin, fedele alla regina, non ha mai svelato neanche sotto tortura. I piú informati assicurano che tra gli ingredienti segreti ci sia una nuova essenza giunta sottobanco dalla Spagna, che l'abile René sarebbe riuscito a ottenere in esclusiva da certi oscuri contatti. Non si tratta del pomodoro, ma di un baccello brunito che, se strofinato, emana un effluvio dolce e intrigante che inebria le narici. Solo pochi anni prima, lo spagnolo Hernán Cortés, il conquistatore del Messico, aveva provato il piacere di quell'aroma mischiato a una tazza di cioccolato offerta dal sovrano azteco Montezuma. Nessun europeo aveva ancora assaggiato la vaniglia, ed è una folgorazione. Da quel momento, non ci sarà al mondo mercante di spezie che non cercherà con tutti i mezzi di conquistare quella nuova fragranza paradisiaca.

Dalle sperimentazioni del geniale *parfumeur* di Caterina nella prima metà del Cinquecento, la passione per la vaniglia si diffonde come una febbre presso tutte le corti d'Europa. Nel tempo, le stecche aromatiche raggiungono prezzi esorbitanti e vengono utilizzate dappertutto, addirittura si racconta che Madame de Montespan, la favorita di Luigi XIV, non facesse il bagno senza aver immerso nell'acqua calda numerosi baccelli a macerare.

Parte di questo incredibile successo è dovuto pure alla convinzione che, se ingerita come un medicinale, la vaniglia possieda proprietà stimolanti, antisettiche e afrodisiache, come afferma entusiasta il farmacologo francese Jean-Baptiste-Grégoire Barbier nel suo *Trattato elementare di materia medica*, dove scrive che la pianta «è un potente afrodisiaco perché fa partecipare il sistema genitale all'eccitazione generale». Quale sia questa eccitazione generale non è dato sapere, ma è certo che la vanilla planifolia, della famiglia delle orchidee, è una pianta seducente e rigogliosa. In natura si sviluppa come una liana e si arrampica tra gli alberi producendo delicati fiori bianco-verdastri che, dopo l'impollinazione, generano lunghi fagiolini; ma bisogna aspettare ancora un periodo di essiccazione prima che finalmente diffondano il celebre profumo. Si tratta però di un virgulto capriccioso che ama fruttificare solo nelle foreste tropicali della costa orientale del Messico, e nonostante gli innumerevoli tentativi, per tre interi secoli dalla sua scoperta nessuno tra i botanici piú blasonati del pianeta era mai riuscito a ottenere un baccello al di fuori del suo habitat naturale.

A compiere il miracolo nel 1841 è Edmond Albius, uno schiavo africano di dodici anni che lavora in una piantagione sperimentale in Madagascar. Il ragazzino, di cui Linneo sarebbe stato orgoglioso, mette in pratica un metodo semplice ma geniale nato dall'osservazione della natura. Edmond intuisce che per impollinare la pianta di vaniglia bisogna spingere con un po' piú di forza un bastoncino sottile d'arancio e bucare la membrana del fiore, proprio come fanno gli insetti messicani evidentemente piú irruenti degli altri, e il gioco è fatto. È l'uovo di Colombo. Da quel momento cambia il corso della storia e il Madagascar diventa – ed è tuttora – il primo produttore mondiale di vaniglia. Un mercato che avrebbe dovuto cambiare il volto dell'isola, immagine del Paradiso in Terra, e renderla ricchissima. Ma purtroppo, come succede in tanti altri paesi baciati da tesori naturali, a guadagnare sono soltanto pochi imprenditori protetti da politici senza scrupoli che continuano a sfruttare fino all'osso i territori, lasciando in miseria la popolazione.

Il Madagascar, noto per la sua straordinaria biodiversità, è inserito dalla Banca mondiale fra le quattro nazioni piú povere al mondo, dove nove persone su dieci vivono in condizione di estrema povertà; ed è il solo in cui il Pil reale è addirittura diminuito dagli anni Sessanta. Eppure continua a produrre l'ottanta per cento della vaniglia del pianeta. Un paradosso che grida vendetta, perché il grande commercio che specula sulla ricchezza dell'isola non lascia alla maggioranza degli abitanti che povertà e macerie, deforestazione selvaggia ed erosione sistematica della barriera corallina, in un paese che è già tra i piú colpiti dai cambiamenti climatici.

Il cacciatore di essenze Dominique Roques, un viaggiatore avventuroso che attraversa regioni remote e selvagge alla ricerca di aromi e profumi come si faceva secoli fa, racconta questa triste deriva arginata soltanto da pochi investitori illuminati, i quali cercano di restituire a questa terra meravigliosa quel po' del benessere che le spetta sotto forma di iniziative di sviluppo, come accesso all'acqua, istruzione e assistenza sanitaria. Ma sono poche lodevoli gocce di consapevolezza in un mare di disinteresse. Purtroppo all'avidità dei mercati si è aggiunta la criminalità organizzata, che ha scoperto come il commercio della vaniglia sia il canale ideale per riciclare il denaro sporco guadagnato con l'esportazione illegale del legno di rosa, altra piaga che colpisce il paese, aggravando se è possibile il circolo vizioso che soffoca il Madagascar. Roques ha visto con i propri occhi processioni di portatori che, attraverso la savana, trasportavano a spalla per chilometri quintali di banconote avvolte nella plastica agricola, un'immagine all'apparenza surreale ma di fatto banale nel nostro mondo, che ha trasformato l'antico sogno dell'Eden nella continua ricerca di paradisi fiscali dove l'unica fragranza nell'aria è quella asettica e senza odore dei soldi.

Sarà per questo che ci sono ancora cosí care le spezie e le essenze che ci riportano il calore di una narrazione perduta nel tempo, come quella del poeta Arthur Rimbaud, che commerciava in incenso e chiodi di garofano e organizzava spedizioni cariche di profumi nel deserto somalo, sulle orme delle carovane della regina di Saba in visita al re Salomone. Ancora oggi la miriade di fragranze racchiuse in una preziosa boccetta che acquistiamo in qualche elegante profumeria di un centro metropolitano ha affrontato lunghi viaggi per arrivare al nostro naso, partendo da luoghi lontani dove la ricerca e la raffinazione di queste sostanze seguono da secoli le stesse tecniche, che siano le rose della Bulgaria, il vetiver di Haiti, il balsamo del Perú, il gelsomino sambac del Tamil Nadu o il mistico Oud, «l'unicorno» dei profumi che si nasconde nelle piante di aquilaria nelle foreste del Bangladesh. È ancora la natura a deliziare le nostre narici. E anche se l'inventiva industriale della chimica odorosa ha messo in campo nuove diavolerie alchemiche per sostituire ogni possibile aroma, non è comunque riuscita a soppiantare la potenza delle essenze originali che ci accompagnano nella nostra esistenza sulla Terra, sprigionando sogni che si disperdono nell'aria come segreti.

Ma c'è un'aulenza misteriosa che nessun cacciatore di piante è mai riuscito a rintracciare in terra e che neanche il potente «naso» di René le Florentin sarebbe stato in grado di ricreare con i suoi alambicchi. Si tratta dell'unica scia odorosa che si può definire senza ombra di dubbio il vero profumo del Paradiso.

Non è facile entrare in contatto con questo fenomeno piú noto come «odor di santità», perché si manifesta solo in presenza di persone elette, che siano vive o già trapassate poco importa. A stupire è il prodigio olfattivo che proviene naturalmente dai loro corpi senza che nessuno li abbia cosparsi di profumo, e può durare centinaia di anni o pochi minuti. Pare sia composto da un misto di fragranze di una dolcezza eccezionale, un bouquet floreale che varia di caso in caso ma di origine sconosciuta alla scienza. Un evento miracoloso che nei secoli è stato ritenuto dai credenti una delle prove fondanti per certificare la santità ed è spesso associato all'incorruttibilità del corpo, ovvero alla difficoltà della salma di un santo a decomporsi dopo la morte.

Le autorità ecclesiastiche hanno sempre commissionato accurate indagini prima di sbilanciarsi e analizzato le possibili concause ambientali che potrebbero ingannare la percezione di questo portento, ma sono tantissimi i casi registrati negli annali della mistica, e decine i profumi elencati da testimoni oculari. Il piú evocato è il sentore di rosa da sempre legato all'immagine della Vergine, la rosa mystica per eccellenza, che avrebbe invaso l'atmosfera anche durante l'apparizione ai pastorelli di Fatima.

In molti sono pronti a giurare che le stimmate che martoriavano il corpo di padre Pio emanassero un intenso aroma di fiori che oggi, a piú di cinquant'anni dalla morte del santo, continuerebbe a percepirsi su icone e immaginette. Era il 1582, invece, quando un penetrante profumo di rose fresche si sarebbe sprigionato nelle celle e nei corridoi del monastero spagnolo di Alba de Tormes, nel momento in cui il cuore ferito di santa Teresa d'Avila smetteva di battere. Nelle sue memorie, Teresa, donna indomita e grande scrittrice, aveva descritto minuziosamente i sette gradi di estasi mistica percepiti durante i suoi «incontri» con Dio, aggirando la censura della santa inquisizione che proibiva alle donne di discutere apertamente di teologia.

Questi congressi metaforici – ma in tutto e per tutto carnali – che Bernini ha messo in scena in una celebre scultura che ancora oggi fa vacillare i piú smaliziati, erano sempre preceduti da celestiali cori di uccellini e da «un profumo cosí persistente che comunicasse a tutti i sensi» che «lo Sposo» era arrivato. Ma chissà qual era questo profumo?

La risposta è forse nella Bibbia, dove il ruolo sacro dei profumi (da *per-fumum*, cioè attraverso il fumo dei bruciatori che diffondevano le essenze) è sempre molto importante. Nel libro dell'*Esodo*, infatti, Dio ordina a Mosè:

> Prenditi degli aromi, della resina, della conchiglia odorosa, del galbano, [...] incenso puro, in dosi uguali; e ne farai un profumo composto secondo l'arte del profumiere, salato, puro, santo; [...] e

ne porrai davanti alla Testimonianza, nella tenda di convegno, dove io m'incontrerò con te: esso sarà per voi cosa santissima.

Che sia questa la formula segreta del profumo di Dio? Difficile dirlo, visto che il rapporto con la divinità è spesso legato a un'esperienza olfattiva, e il profumo è sempre stato l'intermediario preferito fra l'uomo e gli dèi. Sin dai tempi degli Egizi, oli, resine e unguenti sono presenti nei rituali ed esperti sacerdoti profumieri si sono dedicati alla distillazione delle fragranze piú pregiate. Nel grande tempio di Edfu, un centinaio di chilometri a sud di Luxor, è stato rinvenuto un laboratorio di essenze risalente al regno di Tolomeo III, 237 a. C., e dedicato a Horus, il dio del cielo. Le iscrizioni sulle pareti di una delle stanze rivelano i segreti di fabbricazione degli unguenti e gli ingredienti necessari per crearli. Non mancano mai il gelsomino, l'incenso, il giglio, ma non rientra in questo elenco Arpège, il profumo prediletto di un'altra divinità che, pur avendo adottato il nome esotico di un nume dell'antico Egitto, infiammava le platee del varietà italiano negli anni Cinquanta.

Wanda Osiris inebriava le narici del pubblico in ogni teatro in cui si esibiva, circondata da *boys* adoranti e cascate di fiori.

Sebbene fosse considerata «divina», non è stata beatificata per questo fenomeno olfattivo che era provocato ad arte dai suoi attrezzisti, costretti, prima di ogni esibizione, a spruzzare con il flit litri dell'essenza preferita dalla Wandissima su palcoscenico, poltrone, corridoi, scale e foyer, facendo spendere cifre inaudite agli organizzatori degli spettacoli. Non era il capriccio di una diva, ma uno studiato effetto sensoriale per sedurre gli ammiratori e moltiplicare all'infinito il carisma della sua immagine mitologica, una trovata che serviva a consolidare il successo della soubrette, quello sí miracoloso, visto che sapeva a malapena cantare e ballare.

Non sappiamo se il suo corpo dopo la morte abbia resistito al tempo, ma di certo deve aver emanato a lungo l'aroma della sua essenza d'ordinanza, che fu irrorata sul feretro poi ricoperto di rose rosse baccarat a cui pazientemente, come avveniva a ogni serata, gli assistenti avevano tolto a una a una tutte le spine. Una cerimonia degna della fede che la soubrette aveva scatenato.

D'altronde, il profondo legame tra il profumo e la celebrazione di un culto si perde nella notte dei tempi, ma la testimonianza piú poetica è di sicuro quella del *Cantico dei cantici* attribuito a re Salomone, il quale, convinto che la fede avesse un odore, la immaginava come un giardino lussureggiante ricco di piacevoli aulenze.

> I tuoi germogli sono un giardino di melograni con frutti squisiti, piante di alcanna con nardo, nardo e croco, cannella e cinnamomo, con ogni specie di alberi d'incenso, mirra e aloe, con tutti i migliori aromi.

Un'immagine che evoca quella di ogni Paradiso sognato e immaginato da credenti e no. Non a caso un'intensa fragranza annuncia sempre la presenza degli angeli, che evidentemente, abitando in quel luogo odoroso, hanno le ali imbevute della sua essenza. Chi ha avuto la fortuna di imbattersi nel proprio angelo custode afferma di riconoscere al volo il suo arrivo avvertendo questo magico profumo, un'esperienza cosí personale che nessuno può permettersi di contraddire.

Per quanto mi sia documentata, non c'è traccia però di alcun effluvio di pomodoro tra gli aromi citati in tutti gli elenchi che testimoniano «l'odor di santità». Magari qualcuno lo ha percepito tra le mille scie floreali del divino bouquet, ma non se l'è sentita di riportarlo per non far sfigurare il santo in attesa di beatitudine.

Speriamo sia cosí, perché semmai mi toccasse il Paradiso – non penso – mi dispiacerebbe arrivare nell'aldilà e non trovare neanche una piantina del mio ortaggio preferito. Purtroppo credo che sia l'inferno il luogo piú adatto per far bollire pentoloni di salsa; in tal caso, non sarebbe una grande punizione.

Comunque zia Olga era una santa donna, ma a onor del vero la sua cipria non possedeva «l'odor di santità».

7.

Mia zia Lella era un'architetta. Anzi, per la precisione, è stata una tra le prime ragazze italiane laureate in Architettura. Solo poco tempo fa ho ricevuto via mail una sbiadita foto in bianco e nero che raffigurava il gruppo dei laureati nella facoltà di Architettura del 1943. Me l'ha inviata una docente universitaria che stava ricostruendo la storia delle presenze femminili nell'Ateneo, chiedendomi gentilmente se in quella compagnia riconoscessi l'iscritta Raffaella Dandini de Sylva.

Non è stato facile, perché tra la quarantina di facce sorridenti c'erano solo quattro donne, perlopiú impallate da cappelli, impermeabili e cravatte maschili, e anche da divise militari di qualche studente appena tornato dal fronte. Dopo un'attenta osservazione, ho intravisto la zia mescolata in quel muro di ragazzi. Faceva capolino strizzata in un cappotto *pied-de-poule* guarnito da un colletto in velluto nero, i capelli scuri pettinati a onde e imprigionati da uno strano cappelletto a forma di padella. Ma l'ho identificata soprattutto per le labbra scure, che nel bianco e nero d'annata rivelavano la presenza del suo eterno rossetto rosso fuoco, un timbro che rimaneva stampato sulle nostre guance infantili ogni volta che zia Lella, con un'esuberanza contagiosa, ci riempiva di baci.

Piú riguardo questa fotografia e piú avverto qualcosa che mi colpisce e mi commuove. Non l'ho capito subito, poi però mi è apparso evidente: a illuminare quel volto di ventenne che si affacciava alla vita era una fierezza quasi insolente, la gioia a stento trattenuta di ritrovarsi lí dove una donna non era prevista. La zia aveva un naso autorevole, un fisico da modella ed era senza dubbio moderna. Dopo averla eletta a eroina di riferimento, pendevo letteralmente dalle sue labbra rosse.

Arrivava d'estate nella casa di campagna come un tornado allegro che spazzava via la noia, e subito organizzava gite, giochi di società, scherzi e sessioni di pittura a cui partecipavo con religiosa dedizione. Zia dipingeva grandi quadri schizzati di rosso e nero, i suoi colori preferiti, e riempiva decine di fogli bianchi con progetti di case avveniristiche, in cui nemmeno uno in famiglia – tranne me – si sarebbe mai sognato di abitare. Allieva della scuola razionalista, avrebbe volentieri rivoluzionato la villa dalle fondamenta e fatto un bel falò dei mobili antiquati che conteneva, ma i nonni le avevano proibito ogni iniziativa. Per sfogare l'irrefrenabile creatività, aveva chiesto di mettere mano almeno alla soffitta, luogo misterioso e disabitato che ospitava i complicati meccanismi del grande orologio sulla facciata, e in ordine sparso cacche di colombi, nidi di scorpioni e colonie di topi. Salivo insieme a lei fin lassú, in quel sottotetto che per me rappresentava una specie di Paradiso andato in malora, ed eseguivo i suoi ordini come una provetta assistente. Avevo il compito di tendere il metro, tenerlo fermo e trascrivere numeri e misure con estrema precisione, mentre lei, ispirata, mi raccontava come avrebbe trasformato quello spazio in un'unica grande stanza senza pareti divisorie, con la cucina e il salotto e lo studio in un solo ambiente. Insomma, in un loft, ma ancora nessuno lo chiamava cosí.

La zia si è sposata tardi, «Troppo intelligente per trovare marito», sentenziava con delusione il nonno. In realtà, troppo affezionata alla propria libertà per rinunciarci alla leggera su due piedi, ma quando ha incontrato lo zio Gianni ha deciso che era quello giusto e si è buttata.

In effetti erano una coppia affiatata, ridevano sempre e bevevano gli aperitivi. Però sul piú bello qualcosa è andato storto e la zia ha dovuto traslocare il tavolo da disegno in cantina, rinunciando ai suoi sogni per aiutare il marito nella sua traballante impresa di import-export di cuscinetti a sfera con l'Oriente.

La soffitta è rimasta disabitata, a parte i topi. Io ci tornavo ogni tanto e guardavo le nuvole dalle finestre senza vetri; mi sembrava di rifugiarmi in una chiesa abbandonata, avvolta in un silenzio religioso spezzato soltanto dai rintocchi dell'orologio che suonava perennemente in ritardo. Sono suggestivi i luoghi sospesi in un progetto incompiuto, rinchiusi in una promessa di futuro che lascia il campo libero a ogni immaginazione. Tutto può succedere, ma senza fretta.

Ecco perché la soffitta della casa di campagna mi ricorda la Sagrada Família. Scusate l'accostamento ardito, però quando ho visitato la grande cattedrale di Barcellona mi sono sentita subito a casa, quasi augurandomi che il suo lento e secolare innalzamento non trovasse mai fine. La stessa sensazione, l'ho scoperto dopo, l'aveva provata il giovane scultore giapponese Etsurō Sotoo, il giorno in cui per la prima volta, durante una vacanza in Spagna nel 1978 era capitato per caso davanti al gigante incompiuto scaturito dall'immaginazione di Antoni Gaudí: «Non capivo se la stessero demolendo o costruendo», racconta Sotoo, e fu subito attratto dai grossi cubi di pietra grezza ai piedi della cattedrale, ancora non lavorati. «A quel tempo, a nessuno importava della Sagrada Família. Erano solo pietre e macerie, era una rovina abbandonata».

Quella materia bruta gli conquistò l'anima. Non si sa se sia stata la pietra a parlargli, oppure lo spirito di Gaudí che aleggiava tra le guglie proiettate verso il cielo: strutture fiabesche e irregolari che sembrano l'opera di un bambino che abbia fatto colare lentamente della sabbia bagnata per costruire il suo castello. Fatto sta che Sotoo fece domanda da scalpellino e fu assoldato come ragazzo di bottega nel grande cantiere che era stato avviato nel lontano 1882, un'impresa immensa che procedeva al rallentatore come aveva auspicato lo stesso Gaudí. L'architetto catalano rivendicava il principio filosofico della lentezza tipico delle costruzioni ecclesiastiche medioevali, architetture ispirate da disegni ultraterreni che dovevano rendere conto solo al Creatore e non alla fugace vanità degli uomini.

Oggi Sotoo, dopo aver fatto nascere dalla pietra grezza capolavori che hanno ridato vita alla Sagrada – suoi sono i quindici angeli della facciata della Natività –, è riconosciuto da tutti quale scultore principe dell'impresa, l'unico che sia riuscito a interpretare la spiritualità insita nel progetto. Da allora non si è piú spostato da Barcellona, e nessuno muove un sasso senza averlo consultato. «La prima volta che entrai nella Sagrada Família intuii che era opera di un altro. Oggi, mi sembra di entrare in casa mia». Per compenetrarsi ancora di piú con le intenzioni del geniale Gaudí, Sotoo, dopo essere passato attraverso il buddhismo, lo scintoismo e la new age, nel 1991 ha chiesto il battesimo convertendosi al cattolicesimo. La sua vita da piú di quarant'anni sta accompagnando il sogno mistico di questa costruzione, lo stesso che aveva animato l'esistenza di chi l'aveva progettata.

Antoni Gaudí i Cornet è un bambino dalla salute cagionevole e i genitori lo fanno crescere per lunghi periodi nella fattoria di famiglia, nella campagna di Riudoms, che gli rimane per sempre nel cuore. E sono proprio la bellezza e lo spirito selvatico dei boschi piú che gli studi universitari a contribuire alla sua formazione. La venerazione mistica per la natura diventa la principale fonte d'ispirazione della sua creatività ecclettica. Una volta architetto, Gaudí continua a riprodurre quasi rapito da un sogno le forme floreali dei paesaggi dell'infanzia; seguendo questa visione onirica, trasforma radicalmente l'estetica catalana attraverso capolavori che ancora oggi suscitano meraviglia. Succede quando appare Casa Batlló sul Passeig de Gràcia a Barcellona: un fuoco d'artificio di luci e colori dove è bandita ogni linea retta e piú che un edificio pare una collina fiorita, spuntata come in una favola in mezzo alla città. «L'originalità consiste nel ritorno alle origini», è il suo motto. E se la natura è la vera opera d'arte e il Creatore il grande artista che l'ha concepita, agli uomini spetta il compito di assecondare questa intuizione e seguire le istruzioni che ci vengono dettate dall'anima.

Quando, appena trentenne, viene chiamato per progettare la Sagrada Família, Gaudí subito capisce che è l'appuntamento del destino che aspetta da sempre, e abbraccia l'impresa animato dal desiderio di avvicinarsi a Dio costruendo in Terra il luogo piú vicino al Paradiso che un architetto abbia mai immaginato.

È difficile per noi, cittadini di un mondo globalizzato, abituati a vedere grattacieli sorgere in tempi record corredati di piscine, campi da golf, casinò e ristoranti, comprendere appieno l'intricato e all'apparenza inutile groviglio di fiori, animali e figure bibliche scolpiti con lentezza decenni dopo decenni, fra torri che puntano dritte al cielo come stalagmiti. La maestosa bellezza della cattedrale si annida anche nel mistero del suo infinito progetto, che solo Gaudí, ribattezzato non a caso «l'architetto di Dio», ha chiaro in mente.

> Un giorno gli angoli spariranno e la materia svelerà le sue rotondità astrali. Il sole penetrerà in tutte le direzioni. Sarà la rappresentazione del Paradiso.

Infervorato da una fede sempre piú ardente, Gaudí negli anni si consacra anima e corpo alla cattedrale rivoluzionando la sua esistenza. Si ritira dalla vita sociale e muta anche nel fisico, abbracciando un percorso che assomiglia piú a quello di un asceta che a quello di un architetto. Da giovane dandy ricercato, comincia a vestire con modestia senza curarsi piú dell'aspetto, abbandona la propria casa e va a vivere nel cantiere della Sagrada per seguire da vicino i lavori, occupandosi personalmente di reperire le risorse per proseguire l'opera che, per statuto, può essere costruita solo con fondi privati e donazioni. Si narra addirittura che per sostenere il sogno che l'ossessiona arrivi a chiedere l'elemosina alla stregua di un mendicante. Il suo fervore è quello di un santo, il lavoro architettonico un'espiazione per conquistare il Paradiso, attraverso la via della bellezza.

Gaudí troverà la morte il 10 giugno del 1926, tre giorni dopo essere stato investito da un tram all'incrocio tra la Gran Via e la Calle de Bailèn, a pochi passi dalla sua cattedrale. La leggenda che aleggia intorno all'incidente racconta che nessuno riconosce in quel barbone riverso sull'asfalto il piú famoso architetto di Barcellona, e che, seppure si possa ancora salvare, non c'è un'anima a venirgli in soccorso. Però al suo funerale, per omaggiarlo, si presenta tutta la città in lacrime, formando un corteo lungo piú di un chilometro.

Dal 2003 è in corso una causa di beatificazione dell'artista catalano, ma per il buon esito ci vorrebbe l'attribuzione di un miracolo. Anche se il rettore della Sagrada Família, padre Josep Maria Turull, afferma convinto che «il gran miracolo di Gaudí è che con la sua opera è capace di commuovere i visitatori, siano atei, credenti o agnostici». E la conversione del suo allievo venuto dal lontano Oriente ne è la dimostrazione vivente.

Dopo quasi cento anni dalla scomparsa di Gaudí, Etsurō Sotoo, fedele al proprio mandato immateriale, continua a farsi ispirare dalla natura come insegnava il suo maestro, che oggi è sepolto in una cripta nella cappella della Vergine del Carmine cui era devoto, una delle poche opere completate della Sagrada Família. Lo scultore giapponese ha il viso angelico e la voce suadente; gli occhi, però, sono incorniciati da lenti cerchiate in una spessa montatura alla moda, che spazza via ogni sospetto di una possibile reincarnazione nel suo predecessore. A chi gli chiede come intende procedere, Sotoo risponde serafico riassumendo secoli di tradizione zen: «La pietra è la mia unica maestra. Ogni giorno, guardandola, chiedo a Gaudí cosa fare...»

Nel frattempo, il cantiere della cattedrale, dopo i mesi di chiusura imposti dalla pandemia da Covid-19, è tornato a essere la meta turistica piú visitata di Spagna, accecata ogni giorno da migliaia di flash di turisti famelici che sperano di portarsi a casa un frammento di questo misterioso Paradiso, che nessuno sa quando verrà ultimato. E forse è nell'indefinitezza materiale che si cela il fascino spirituale della cattedrale, che non smette di attrarci al pari di tutte le manifestazioni impenetrabili della natura che sfuggono a ogni spiegazione pragmatica e razionale. Come le nuvole alte e maestose nel cielo che Ninetto Davoli vede per la prima volta in un film di Pier Paolo Pasolini, domandando: «Che cosa sono le nuvole?» «Ah, straziante, meravigliosa bellezza del creato!» gli risponde estasiato Totò, suo compagno di sventura nella discarica dove sono stati gettati come due burattini inutili.

E proprio dall'osservazione delle nuvole è nata l'ispirazione di un altro importante architetto, il quale – piú fedele a Marx che a Dio – voleva anche lui ricreare l'Eden in Terra. In questo caso è il cielo cangiante di Rio de Janeiro, che Oscar Niemeyer usa come un foglio bianco quando da bambino si diverte a disegnare con le dita nell'aria case, palazzi e ponti sospesi tra le nubi. La madre gli chiedeva: «Cosa stai facendo, ragazzino?» E lui, serafico: «Sto progettando», e talvolta, ripensando allo schizzo che aveva tracciato nel nulla, lo correggeva quasi esistesse realmente, immaginando nuovi scenari urbani in cui gli abitanti del futuro avrebbero potuto vivere in armonia.

La città ideale è stata un'utopia architettonica spesso inseguita dagli uomini, che ha trovato piena espressione nel Rinascimento grazie a sognatori accaniti convinti che la bellezza dovesse essere alla portata di tutti alla pari di un diritto, come la libertà. Per Niemeyer l'architettura deve nascere dal nulla, libera da qualsiasi influenza: «Il punto di partenza è la tensione verso la bellezza, verso l'arte, in modo che la sorpresa, lo stupore, l'inatteso siano parte anche dell'opera», diceva parafrasando Baudelaire. Ma soprattutto deve avere una funzione politica, proprio perché si occupa dell'uomo e della sua vita sulla Terra, dove secondo Niemeyer non è piú possibile ideare luoghi di infelicità e ghetti per cittadini e cittadine di serie B.

Sin da ragazzo preferisce leggere gli scritti di Antonio Gramsci piuttosto che i manuali universitari, e a chi gli domanda cos'è la fantasia, risponde senza mezzi termini che è la ricerca di un mondo migliore, da costruire però subito, senza aspettare che si avverino le promesse dell'aldilà. Quando arriva la possibilità concreta di mettere in pratica le sue idee su larga scala, Niemeyer è già un architetto famoso, stimato dal grande Le Corbusier e dal gotha dei maestri che contano nella prima metà del Novecento, benché lo ritengano piú uno scultore del cemento armato che un architetto, vittime di quello snobismo che considera poco autorevole la cultura sudamericana, troppo esuberante e sensuale per essere presa sul serio. Ma lui non se ne cura, ed è infatti nella gaudente anima carioca che risiede il segreto della sua forza.

Niemeyer è figlio dell'allegria di Rio, la città di cui ama la musica, la spiaggia, il mare e la convivialità generosa e solidale, che divide con gli amici di una vita. Con questo spirito, anima serate proverbiali nello studio di Copacabana fino all'età di centoquattro anni: da lui si beve e si parla di tutto, dall'astronomia al calcio, fino ai nuovi progetti estetici divulgati poi nelle riviste che ha fondato, diventate nel tempo un prezioso compendio del pensiero contemporaneo. Ed è davanti a un bicchiere di cachaça, durante un amichevole pranzo domenicale, che il primo ministro Juscelino Kubitschek de Oliveira, insediato nel 1956 alla cabina di comando del Brasile con l'ambizioso motto: «Cinquant'anni di progresso in cinque anni di governo», gli propone di costruire una città. Dal nulla.

Si conoscono da tempo, da quando il politico era il sindaco di Belo Horizonte e gli aveva commissionato la chiesa di San Francesco d'Assisi, considerata oggi la prima costruzione moderna del Brasile. Tanto moderna che l'arcivescovo della regione si rifiutò di consacrarla per ben quindici anni. A propria difesa, Niemeyer confessò di essersi ispirato all'affermazione del poeta francese Paul Claudel: «Una chiesa è l'hangar di Dio sulla Terra». Piú spirituale di cosí…

Progettare un'intera città è la sfida suprema, la possibilità di mettere in pratica i suoi ideali e dimostrare che è possibile realizzare un mondo senza disuguaglianze partendo sin dalle fondamenta. Ci vuole un bel po' di fantasia visionaria a proporre un'impresa simile, e ancor di piú ad accettarla.

Niemeyer tentenna lo spazio di un pomeriggio, fra un bicchiere di cachaça e l'altro, e alla fine assume l'incarico. Nell'idea di Kubitschek, la città deve incarnare il simbolo di un nuova civiltà e il compito di Niemeyer è immaginarla nei minimi particolari: palazzi, strade, case, uffici, persino le cassette della posta. L'architetto dovrà portare la vita dove prima non c'era niente, far confluire tutti gli ideali di progresso e libertà che da sempre cerca di esprimere e riunirli in un unico, maestoso progetto con il compito di trasformare il Brasile da Stato ombra in uno dei paesi piú importanti e all'avanguardia del mondo. Per questo la città non può che chiamarsi Brasilia.

La commissione piú ambiziosa che può capitare in una carriera, un'impresa mai piú tentata da nessuno dai tempi delle città rinascimentali, quei crogioli di integrità morale e politica frutto di eleganti linee architettoniche nate dalla meravigliosa purezza ortogonale di strade e palazzi. Basta vedere la celebre tavola che riproduce la luminosa piazza della città ideale conservata nel Palazzo Ducale di Urbino: solo a guardarla si viene catapultati in un Paradiso di armonia che edulcora i pensieri piú ansiogeni. Ma non è l'angolo retto ad attrarre Niemeyer, né la linea dura e inflessibile creata dall'uomo.

> Quello che mi affascina è la curva libera e sensuale: la curva naturale delle montagne del mio paese, nel corso sinuoso dei suoi fiumi, nelle onde dell'oceano, nelle nuvole del cielo e nel corpo della donna preferita.

Anche se a prima vista non sembra, la sua visione non è cosí lontana da quella mistica del collega catalano Gaudí.

Niemeyer sta per compiere cinquant'anni, e ancora non sa che ha percorso solo la metà del lungo cammino che l'aspetta. È nato nel 1907, lo stesso anno in cui è cominciata la diffusione del cemento armato, il suo materiale preferito, che può modellare in libertà curvandolo all'infinito secondo i disegni che ha tracciato fra le nuvole. E quando Kubitschek sposta i bicchieri dal tavolo e apre una mappa del Brasile per mostrargli il luogo deputato alla nascita di Brasilia, lui ha già l'intero progetto nella testa.

L'area è al centro del paese, in mezzo alla Pampa inesplorata, a mille chilometri da Rio de Janeiro. Non esistono strade per raggiungerla. Niemeyer rifiuta di andarci con l'aereo presidenziale e preferisce utilizzare la sua auto nuova, un'elegante Saab 500, senza pensare se telaio e bulloni scandinavi reggeranno gli itinerari sconnessi di quella odissea brasiliana.

Organizza l'impresa in un paio di giorni e parte insieme ai tre amici piú cari, facendo loro credere che andranno a farsi un fine-settimana in stile «week-end da leoni». Una piccola bugia che fa diventare quel viaggio di lavoro una gita di piacere e di scoperta, perché come ha sempre detto lui: «L'architettura è solo un pretesto; la vita è piú importante di tutto».

Durante il viaggio, Oscar Niemeyer e i compagni – che presto si accorgono dell'inganno ma decidono di rimanere, sedotti dal gusto dell'avventura – scoprono il lato piú autentico del loro Brasile. Si lasciano dietro l'asfalto e assaggiano la polvere rossa del deserto, risalgono fiumi su ferry-boat di fortuna e si arrampicano su ripidi pendii dove non passerebbero nemmeno i muli piú testardi.

Oscar vede per la prima volta le colline ramate del Sertão, le acque verdi del São Francisco, le nubi del deserto bruciare in sfumature di viola e arancione che non sembrano terrene. Cosí, nella mente di Niemeyer, la linea arcuata di una montagna si tramuta in un palazzo presidenziale, una nuvola nel terminal di un aeroporto, un cactus in fiore nella vetrata di una cattedrale. Le curve che Oscar ritrova in ogni aspetto della natura incontaminata del Brasile si trasfigurano nel disegno della nuova città, nell'anima di una vera e moderna capitale.

Al secondo giorno di perlustrazioni e spostamenti dissennati, l'affidabilità dell'auto scandinava viene meno. Il motore fonde e gli amici sono costretti a dormire nella foresta, insidiati da un affamato leopardo brasiliano. Verranno salvati dal camioncino di un contadino di passaggio. Quella volta non riescono a raggiungere la terra designata per far sorgere Brasilia, ma la mappa metropolitana è già delineata in tutti i dettagli nell'immaginazione di Oscar. Una città mobile, fatta di linee mosse e di inclusione totale; una città-icona ma da vivere, priva di favelas, dove ogni abitante avrebbe avuto possibilità, alloggi e servizi identici, senza differenze di ceto.

I lavori iniziano nel 1956 con piú di trecentomila operai sul campo, e durano quarantuno mesi, lo stesso tempo che impiegò Michelangelo da solo per dipingere il *Giudizio universale* nella Cappella Sistina. Ma secondo i piani di Niemeyer, da Brasilia nessuno sarà piú ricacciato all'inferno. Con l'aiuto dell'urbanista Lúcio Costa, Oscar realizza strade, quartieri e i primi palazzi di rappresentanza come l'Alvorada, la residenza del presidente, il centro del Congresso nazionale e la magnifica cattedrale, un unico pezzo di cemento armato che si ripete per sedici volte, alternandosi ad ampie vetrate; una sintesi perfetta di solidità e movimento, che integra al massimo l'abbagliante luce del cielo con le forme leggerissime della struttura. Un inno alla speranza e all'inclusione, cosí differente dalle antiche e austere chiese della cristianità.

Visto dall'alto, quell'avveniristico agglomerato urbano toglie il fiato; assomiglia a un enorme uccello che vola ad ali spiegate come gli ideali che vi stanno alla base, una sorta di Eden contemporaneo costruito per unire tutta l'umanità, nessuno escluso, in un grande abbraccio. E non è forse questa la vera funzione di un Paradiso?

Brasilia è inaugurata il 21 aprile del 1960 alla presenza del presidente Kubitschek, guadagnandosi subito l'ammirazione di Le Corbusier, che plaude all'abilità con cui Niemeyer ha elevato all'ennesima potenza l'ideale di equilibrio e armonia degli architetti rinascimentali.

Purtroppo, il sogno di inclusività e innovazione accarezzato da Oscar presto svanisce.

Solo quattro anni dopo, proprio dal palazzo del Congresso, viene dichiarata la caduta della Repubblica del Brasile e l'inizio della dittatura militare, che per piú di un ventennio sprofonda il paese in uno dei periodi piú bui della sua storia.

Niemeyer, comunista dichiarato, è costretto all'esilio in Francia, dove non resta con le mani in mano e accetta di costruire la sede parigina del Partito comunista, quasi uno sberleffo nei confronti del regime che soffoca il suo paese. Poi, chiamato in Italia, disegna il Palazzo Mondadori di Segrate, un'opera poetica dove i vuoti contano quanto la costruzione stessa, anzi, è proprio lo spazio tra i pilastri del lungo colonnato a regalare un ritmo musicale all'edificio.

Il suo cuore carioca, però, batte sempre per il Brasile e, malgrado sia sotto il mirino della dittatura, Niemeyer decide di tornare a casa. Convocato dai militari che avevano messo sottosopra lo studio e la sede delle sue riviste, all'ufficiale che gli chiede con supponenza: «Allora, mi dica, Niemeyer, a conti fatti, cosa volete?» l'architetto risponde angelico: «Cambiare la società». Ma non è cosí semplice come disegnare nell'aria.

Oggi Brasilia è l'unica città sorta nel XX secolo messa sotto tutela dall'Unesco benché sia soltanto l'ombra della città-mondo di Oscar Niemeyer, abbruttita da edifici lontani dalla concezione originaria, e soprattutto da fatiscenti favelas in cui il sogno dell'uguaglianza nella bellezza coltivato dall'architetto si è miseramente infranto. Forse, come scriveva Milan Kundera in *L'insostenibile leggerezza dell'essere*, l'ideale estetico della perfezione che vuole eliminare ogni dubbio e difetto rischia di trascinarci in un universo poco desiderabile governato dalla dittatura del kitsch; per ironia della sorte, quella preferita dai governi totalitari che Niemeyer aveva sempre avversato.

Nonostante le sconfitte e il brutale confronto con la realtà, l'artista del cemento armato non si è arreso e non ha mai smesso di sperare in un mondo migliore. «La vita è un soffio», amava ripetere.

> Per questo bisogna imparare ad attraversarla in modo decente, coltivare le proprie idee, i propri principî che sono come pilastri e portarli con noi per il resto dell'esistenza. Questa è la sfida.

Ha continuato fino all'ultimo respiro a lavorare, scrivere e progettare con la stessa purezza con cui lo faceva da bambino. Ma soprattutto ha interrotto su due piedi ogni lavoro per chiacchierare con un amico, attività considerata piú importante di qualsiasi impegno.

Se esiste una sezione carioca nel Paradiso, Niemeyer sarà seduto bello comodo in quel consesso di nuvole per vedere finalmente da vicino i disegni che aveva tratteggiato per una vita nel cielo. Di sicuro in compagnia degli amici piú cari, con cui aveva diviso tante serate allegre guardando la curva del sole scomparire all'orizzonte e tuffarsi a capofitto nel mare di Ipanema.

8.

E poi c'era zia Rosa, un capitolo a parte nella foto di gruppo del mio Paradiso famigliare. Bionda e formosetta, nel 1938 era entrata in finale al concorso *Signorina Grandi Firme*, indetto dalla rivista fondata da Pitigrilli. Un onore che la rendeva fiera quanto la laurea in Architettura faceva felice la zia Raffaella.

I nonni, invece, guardavano a entrambi i fenomeni con il medesimo sospetto. Ma le due sorelle, la bionda e la bruna, erano indomabili e non avevano nessuna intenzione di rassegnarsi alla vita da contessine che i genitori avevano programmato per il loro futuro. Sull'onda della popolarità della rivista, che in realtà pubblicava «novelle di grandi scrittori», era nata anche una canzone del Trio Lescano che furoreggiava in quegli anni: «Signorina grandi firme | col tuo stile Novecento | hai portato un turbamento | in ogni cuor...» Il nuovo ideale di ragazza descritta dal trio canterino era «un tipino originale | seducente e ammaliator». E in effetti la zia Rosa corrispondeva in pieno a queste caratteristiche. Esuberante, spiritosa e naturalmente sexy, possedeva un'inesauribile *joie de vivre* che si diffondeva come un contagio in ogni luogo in cui arrivava. La leggenda narra che uno sciame di bellimbusti speranzosi, abbagliato dal fascino insolito della zia, cadeva sedotto ai suoi piedi. Purtroppo con scarso successo.

Qui il racconto s'interrompe e si entra in una zona grigia che neanche mia sorella, depositaria ufficiale delle memorie e delle aneddotiche familiari, riesce a colmare. La zia Rosa, dopo aver rifiutato i migliori partiti, si era sposata a sorpresa con un ufficiale inglese arrivato a Roma durante la guerra ed era andata a vivere in Inghilterra. Punto.

Cos'era successo? Era stato un colpo di fulmine irresistibile? Un capriccio dadaista per destabilizzare l'intero casato? O aveva combinato qualche guaio che all'epoca si riparava solo con l'esilio? Nessuno ha saputo darmi una spiegazione convincente, ma questo oscuro mistero non mi impediva di aspettare con ansia l'arrivo nella casa di campagna della zia inglese, la parente esotica che ognuno sogna di avere in famiglia.

La zia si presentava puntuale ad agosto insieme alla figlia, che era mia coetanea ma sembrava provenire da un altro pianeta. Bionda, occhi azzurri, pelle bianca di porcellana e lineamenti cosí delicati che facevo fatica a convincere chi non ci conosceva che eravamo cugine. Ma la vera fiera delle meraviglie che accompagnava l'arrivo della zia Rosa era il tornado di regali che uscivano impacchettati dalle sue strane valigie dure, di un ignoto materiale plastico, molto diverse dai bagagli in pelle a cui eravamo abituati, pieni di cinghie ed etichette-souvenir di luoghi lontani. Come da una cornucopia, da quei singolari contenitori spuntavano per incanto sorprese fenomenali: gonne di lana mai viste prima, di ogni misura e colore, con mille piegoline e uno spillone a chiuderle; si chiamavano kilt, a scuola me le invidiavano tutti. E poi giocattoli d'avanguardia, che non assomigliavano a quelli che di solito trovavamo sotto l'albero di Natale. Andavamo pazzi per delle bizzarre scatole che nascondevano decine di pezzetti da mettere insieme seguendo la riproduzione di una fotografia: mia cugina li chiamava puzzle e ci veniva da ridere perché capivamo «puzza», una delle parole piú esilaranti per i bambini. Per me c'era sempre una bambola bionda come la zia, con braccia e gambe snodabili, che schiacciata in un punto preciso cantava canzoncine in inglese. Ne ho collezionato una discreta serie, ma il piú amato è stato un pupazzo in morbida gommapiuma a forma di coniglio che, grazie a una sottile anima in fil di ferro, potevo piegare in qualsiasi posizione. Me lo sono portato appresso per anni, anche quando, indurito dal tempo, si sbriciolava perdendo i connotati.

Poi la zia Rosa andava in cucina e, con misteriose polverine magiche, creava per noi dei dolci di gelatina colorata che tremavano sui piatti appena li sfioravi, fenomeno che suscitava applausi a scena aperta. Meno che da parte della cuoca Anna, che invece disapprovava tutte queste novità e scuotendo la testa brontolava tra sé:

– È arrivata la regina Cristina di Svezia... ci mancava pure questa.

Io non sapevo chi fosse la regina Cristina, ma quando l'ho scoperto vi posso assicurare che ai miei occhi la zia e la sovrana secentesca non mostravano di avere niente in comune, se non che arrivavano entrambe dall'estero e questo bastava alla cuoca Anna per farne una categoria. Ma la zia era italiana, e infatti di lí a poco aveva riempito le sue strane valigie con golf in cachemire e libri di ricette per la zuppa inglese e, dopo aver divorziato, era tornata a Roma insieme a quella che, anche adesso che siamo nonne, chiamo «la mia cuginetta inglese».

Forse, però, l'intuito della cuoca di casa aveva colto un altro tratto di somiglianza che mi era sfuggito: anche la zia, come Cristina di Svezia, era considerata un'eccentrica. E proprio come la reale svedese era allergica a imposizioni e legacci che ne ostacolavano la libertà. Ho conosciuto tardi la storia di questa regina che, a dispetto dello spirito critico della cuoca Anna, ha ispirato scrittori di ogni epoca e persino un film con Greta Garbo. Come tutti quelli che sono venuti a contatto con le sue vicende, mi sono subito appassionata. La natura poliedrica e ricca di sfumature contrastanti della sovrana ha offerto ai biografi infinite interpretazioni, che ce l'hanno mostrata di volta in volta come una donna capricciosa e viziata, una pioniera del femminismo, un'abile politica, una libertina intellettuale e addirittura un uomo.

Le dicerie sulla sua sessualità controversa sorgono alla nascita, quando le ostetriche annunciano a gran voce che la regina Maria Eleonora ha finalmente partorito l'erede maschio tanto atteso. La gioia del re Gustavo II di Svezia è incontenibile: dopo due gravidanze interrotte e un bambino morto poco dopo essere venuto al mondo, il sovrano, fiaccato dall'infinita Guerra dei trent'anni, ha bisogno di assicurare un futuro alla stirpe dei Vasa. Ma, dopo aver lavato il neonato, appare evidente che quello che sembrava un organo genitale maschile è in realtà una clitoride piú sviluppata, e che «purtroppo» si tratta senza ombra di dubbio di una femmina.

Queste dispute ginecologiche si trasformano in una leggenda confinante con il gossip e accompagnano l'intera esistenza di Cristina, la quale, invece di mettere a tacere i pettegolezzi, si diverte ad alimentarli assumendo atteggiamenti provocatori «da maschiaccio», comportamenti scandalosi considerati piú adatti a uno scaricatore di porto che a una dama di corte. È lei stessa a dichiararlo orgogliosa nell'autobiografia:

> Da bambina provavo una vera avversione per ciò che dicevano e facevano le donne. Non potevo sopportare i loro abiti stretti e

vezzosi. Non mi interessava nulla del mio incarnato, del mio corpo e del resto del mio aspetto; non ho mai indossato un cappello o una maschera, e raramente i guanti.

La madre, al ferale annuncio che le rivela il sesso della creatura, precipita in una depressione profonda e in pratica la disconosce, perdendo ogni interesse per la sua educazione. Il padre invece, con un colpo di scena notevole per il Seicento, si affeziona teneramente alla figlia e, prima di ripartire per la guerra, ordina che le venga dispensata un'istruzione da principe, proprio come se fosse un maschio.

Anni addietro, forse già presentendo la sorte che lo attendeva, aveva emanato una legge – giudicata sconveniente da molti sudditi – che permetteva anche alla discendenza femminile di conquistare il trono. La storia è segnata. Quando sei anni dopo il padre muore in battaglia, Cristina è incoronata regina. È solo una bambina, ma forgiano uno scettro e una corona su misura per lei, e con l'aria severa e assorta non sfigura sullo scranno piú importante di Svezia.

Ci vorranno altri dodici anni perché prenda pieno possesso del potere: nel frattempo si è fortificata studiando con profitto per dieci ore al giorno matematica, astronomia e strategia politica, ma i suoi interessi si rivolgono soprattutto alle arti e alla filosofia, e appena ha in mano le redini del regno si circonda di letterati e artisti ed è subito accusata di spendere cifre esorbitanti per acquisire importanti collezioni per il paese, che comunque le valgono l'appellativo di «Minerva del Nord».

Cristina ha dei penetranti occhi azzurri, idee chiare e piglio autoritario, tanto che, per migliorare la sua formazione, quasi costringe il titubante filosofo Cartesio – poco amante della Svezia, «con le sue rocce, il suo ghiaccio e i suoi orsi» – a raggiungerla a corte per impartirle delle lezioni private.

Il celebre studioso cede ai desideri di Cristina e a malincuore si trasferisce a Stoccolma. Il povero Cartesio è costretto ogni giorno ad attraversare le gelide strade della città prima dell'alba, per onorare gli orari imposti dall'occupatissima regina per le loro dissertazioni, con l'aggravante che l'enorme biblioteca reale è una ghiacciaia, e davanti alla sovrana il filosofo per rispetto deve rimanere a capo scoperto. Non meraviglia che soltanto dopo pochi mesi di questo calvario si ammali e muoia di polmonite. In qualche modo è stato il carattere imperioso della regina di Svezia a ucciderlo, anche se voci complottiste affermano che sia stato avvelenato da chi vuole destabilizzare il piú importante regno protestante d'Europa.

In effetti, la profonda intesa che si era stabilita tra l'allieva e il maestro ha stuzzicato la curiosità della sovrana, convincendola che nella religione cattolica ci sia una maggiore apertura intellettuale, di sicuro piú congeniale al suo spirito. Ancora devota alla fede luterana, Cristina è sempre piú insofferente alle rigide regole che governano il paese, e soprattutto non ha nessuna intenzione di sposarsi. Il matrimonio, invece, è considerato una condizione necessaria dalla corte svedese, l'unico mezzo per riportare nei ranghi questa ragazza spregiudicata, colta e poliglotta che si veste da maschio e può correre al galoppo per ore dopo aver intrattenuto gli stallieri con storielle scurrili. Non ci sono altre soluzioni: Cristina va a tutti i costi domata da un marito che prenderà in mano lo scettro, lasciando a lei il compito di fare figli per assicurare la discendenza. Uno schema collaudato che non tiene conto delle aspirazioni della sovrana ribelle.

> Non sopporto l'idea di essere usata da un uomo nel modo in cui un contadino usa i suoi campi. Il matrimonio genera una subordinazione, non posso decidere quando sarò in grado di vincere questa ripugnanza.

Cosí scrive la giovane regina, chiudendo una volta per tutte l'argomento. Non contenta, si fa chiamare Amaranta ispirandosi a un'erba selvatica che non appassisce mai, e fonda in onore di questo fiore immortale l'Ordine dell'Amaranto, un club esclusivo i cui membri – sia donne sia uomini, in netto anticipo sulla parità di genere – devono giurare che non si sposeranno mai proprio come Cristina. Ma alla sovrana indisciplinata non basta piú sovvertire il protocollo di corte, cosí sceglie di prendersi la libertà che non ha mai smesso di desiderare.

Con un *coup de théâtre* rimasto nella storia, nel 1654 Cristina decide di abdicare in favore del cugino Carlo Gustavo, eterno pretendente, perdutamente innamorato di lei e sempre respinto. Invece del cuore gli consegna il regno e, creando uno scandalo di cui si parlerà per secoli, si converte al cattolicesimo chiedendo asilo alla chiesa di Roma.

Il papa Alessandro VII, annusando l'immenso ritorno d'immagine che avrebbe conquistato accogliendo la pecorella smarrita di Svezia, si prepara a riceverla a braccia aperte dando ordine di allestire la piú sontuosa festa barocca che la città abbia mai visto. Le varie narrazioni sui reali motivi del gran rifiuto della regina si inseguono nei libri di storia e di letteratura, dalle commedie di Dumas alle geniali intuizioni di Dario Fo: tutte le grandi penne si sono cimentate per interpretare l'animo di questa donna originale e impetuosa che, prima di lasciare il proprio paese, riesce comunque a sancire una pace storica con la Danimarca che porrà fine alla Guerra dei trent'anni, e a farsi concedere dalla Svezia un generoso vitalizio insieme al diritto di mantenere a vita il titolo di regina.

C'è chi è andato a scavare nelle relazioni peccaminose e negli amori proibiti con altre donne per trovare le vere ragioni di quella che potrebbe sembrare una fuga dalle responsabilità, attribuendo il gesto eclatante al desiderio di inseguire una vita sentimentale finalmente libera. Quel che sappiamo con certezza è che Cristina continuerà ad amare uomini e donne senza curarsi delle apparenze, scontrandosi anche con la morale cattolica che, seppur piú bonaria, tenterà senza successo di irreggimentare le sue esuberanze, considerate scandalose.

Cristina è tutto e il contrario di tutto, e forse proprio questa natura complessa ed enigmatica è riuscita a mantenere costante per quasi quattro secoli l'attenzione sulla sua storia. È una pioniera dei diritti delle donne pur non sopportando a parole le donne, una femminista inconsapevole che critica aspramente moine e debolezze del proprio sesso, ma in realtà mette all'indice la mancanza di educazione a cui il genere femminile è condannato da secoli.

Nell'affascinante gioco delle ipotesi, mi piace parteggiare per il filone degli studiosi piú romantici, che individuano le ragioni dell'abdicazione nella costante irrequietezza e nella natura avventurosa della regina di Svezia. Senza trascurare il fascino che l'Italia – e in particolare Roma con la sua «grande bellezza» – esercitava su tutti i pensatori europei.

Il pellegrinaggio della regina verso la città eterna, seppur ispirato con sincerità ai nuovi ideali religiosi, assomiglia piú al Grand Tour intrapreso da tanti viaggiatori che, prima e dopo di lei, sono stati sospinti dal desiderio di conquistare un Paradiso di arte, poesia e cieli rosati. L'Italia è quell'Eden che possiede l'incanto – come scriverà Goethe anni dopo – di farti rinascere a nuova vita. Abbandonare la gelida Svezia, dove era circondata da una corte sospettosa e malevola, per raggiungere la culla della civiltà rappresenta per Cristina una vera resurrezione intellettuale, e Roma, gaudente e sfarzosa, l'accoglie con entusiasmo sfoderando la sua celebre teatralità.

Nel dicembre del 1655 la regina di Svezia, appena ventinovenne, entra dalla porta di piazza del Popolo, ridecorata per l'occasione dall'architetto Bernini, e affronta il percorso canonico della «cavalcata» - cosí veniva chiamato l'itinerario fino a San Pietro nelle parate ufficiali -, montando all'amazzone il proprio cavallo. Una piuma azzurra le sventola sul cappello, al seguito prelati, cardinali, alti ufficiali e le carrozze dorate della nobiltà. Un corteo infinito che si fa strada tra ali di folla festante, suonatori di tromba e fuochi d'artificio. Non c'è finestra o balcone che non esponga damaschi, velluti e lanterne di ogni forma, lungo il tragitto sono allestiti carri allegorici e archi di trionfo in cartapesta dai mille colori, mentre il cannone di Castel Sant'Angelo con i suoi boati fa tremare la città. Un arrivo trionfale frutto di un'abile propaganda papale, che di sicuro non avrà fatto rimpiangere alla sovrana l'abiura del rigido luteranesimo.

Devo confessare che anche per me, romana da generazioni, la città eterna rappresenta ancora un Paradiso in Terra. Non posso che condividere con Cristina questo sentimento d'incanto e meraviglia, che riesce a rapire il cuore pure quando ci si trova a passeggiare sui sampietrini sconnessi per le strade, ahimè, infestate da buche piú eterne della città. Non ho mai goduto degli squilli di tromba né delle lanterne esibite per la regina di Svezia, ma a Roma non ce n'è bisogno perché lo sfarzo è insito nelle mura e nei palazzi, e la bellezza ti prende per mano attraverso le stratificazioni secolari che fanno convivere l'antichità con il Rinascimento, e il barocco con il moderno. Nulla scompare a Roma, nel bene e nel male. Le diverse ère geologiche si sedimentano in una continuità che rende tutto dolce e relativo, regalando un'effimera illusione di eternità anche ai turisti in calzoncini armati di smartphone. Roma è commovente e disorienta: cosa chiedere di piú a un Paradiso?

Mentre sto scrivendo queste pagine, scendo al bar sotto casa e mi ritrovo nei luoghi immutati dove la regina di Svezia ha posato lo sguardo, e benché minacciati da macchine, monopattini e negozi di souvenir, grazie a una secolare alchimia mantengono intatta la loro maestosa dignità. Incastonati nell'asfalto dei marciapiedi, cocci di bottiglia residui di serate etiliche sembrano gioielli preziosi che brillano al sole, fregi romani murati a caso sulle pareti dei palazzi fanno capolino tra i cassonetti dell'umido, assaltati da sanguinari gabbiani davanti agli occhi benevoli delle Madonnelle votive disseminate agli angoli delle strade. Un'atmosfera solenne e sorniona che come per miracolo nobilita ancora il paesaggio, divorando il degrado.

Protetta da questa scenografia naturale, ripercorro le strade insieme al fantasma della sovrana che aleggia come uno spiritello benigno sulla città.

Appena arriva a Roma, Cristina è ospite a Palazzo Farnese, ora residenza dell'ambasciata di Francia, a pochi passi da Campo de' Fiori, dove già allora i floricoltori vengono a vendere le loro meraviglie. E come se non fosse passato un giorno, il mosaico multicolore di fiori che occupa la piazza continua a prendere vita ogni mattina, per la gioia dei passanti. Piú tardi, la regina si sposta definitivamente a Palazzo Riario, che si raggiunge con una camminata a piedi attraverso ponte Sisto, all'epoca impraticabile per le condotte d'acqua che attraversano il Tevere, oggi di difficile percorribilità nelle ore della movida, ma altrimenti una delle piú belle passeggiate di Roma. Il palazzo ha bisogno di una ristrutturazione che preveda lunghe gallerie per la sua ricca pinacoteca, salotti per le serate di musica e teatro e, soprattutto, una camera da letto degna della sovrana, grande abbastanza per ospitare il letto in legno indiano sovrastato da un baldacchino di broccato, e una stanza da bagno con due eleganti vasche in marmo grigio dotate di un moderno impianto di acqua calda e fredda. Cristina è passata alla storia anche come una regina spendacciona, capace di impegnare i gioielli e l'argenteria della corona pur di finanziare le proprie avventure, e non bada a spese per trasformare la nuova dimora in una sede regale.

In attesa di entrare in possesso del palazzo, la sovrana occupa una foresteria ai margini del giardino che si arrampica sull'imponente colle del Gianicolo, dove oggi sorge il monumento a Giuseppe Garibaldi. Dall'alto della balconata affacciata sulla città eterna, Cristina può ammirare il panorama piú struggente dell'universo, la stessa visione micidiale che fa venire una sincope a un visitatore orientale all'inizio del film *La grande bellezza* di Paolo Sorrentino.

Nel 1883, il parco del sontuoso palazzo diventerà sede dell'Orto botanico di Roma, uno dei posti piú paradisiaci della città. Non a caso una delle mie mete preferite, un luogo che, anche nelle giornate piú tristi e nuvolose, ha il dono di offrire squarci di felicità, come l'apparizione autunnale delle foglie dorate di un imponente esemplare di ginkgo biloba, che con pazienza secolare rinnova ogni anno il suo piccolo miracolo.

Prima di placare ogni irrequietezza politica e mettere radici nella residenza definitiva, la sovrana, come un vulcano sopito che si risveglia all'improvviso, ha dei nuovi sussulti di vanità e decide di raggiungere Parigi per negoziare in segreto, insieme al cardinale Mazzarino, la sua candidatura al trono di Napoli. Diventare una regina cattolica, dopo aver rinunciato alla corona di Svezia con l'abiura del protestantesimo, è senza dubbio un progetto azzardato e non può che finire in tragedia. Cristina si lancia in quest'avventura con troppa ingenuità, e rimane invischiata in una macchinazione politica che si rivolta contro di lei. Quando si rende conto di essere stata manipolata dai francesi e che la sua candidatura è servita soltanto come una minaccia politica, si sente umiliata e per vendetta ordina l'esecuzione del suo scudiero, il marchese Giovanni Rinaldo Monaldeschi, accusato di averla tradita. Un gesto odioso, ma molto in voga tra i complottisti dell'epoca.

Anche se su questo oscuro episodio circolano versioni contrastanti che raccontano una regina innocente e inconsapevole, il delitto è comunque una macchia sulla sua reputazione e il re Luigi XIV fa sapere che la presenza della regina di Svezia non è piú gradita in terra di Francia. Cristina è sconfitta, e come se non bastasse, rimane vittima di quello che oggi chiameremmo un offensivo body shaming. Per giustificarne l'allontanamento, la corte francese fa circolare pettegolezzi e malignità sulla sua persona descrivendola come una donna sgradevole, dalle cattive maniere, la pelle butterata e la gobba: in poche parole, un mostro di bruttezza e antipatia, che indossa pure antiestetiche scarpe da uomo senza tacco. A parte le scarpe, l'immagine non coincide con nessuna iconografia storica che la riguarda. Cristina non corrisponde certo ai canoni di bellezza del tempo, ma sono soprattutto i modi spicci e mascolini, le toilette essenziali e gli interessi piú intellettuali che mondani a renderla odiosa agli occhi del carrozzone imparruccato dei cortigiani francesi.

Non le rimane che tornare a Roma. Come sempre è a corto di denaro ed è costretta a vendere il pregiato mantello dell'incoronazione per fronteggiare le spese, ma la città l'accoglie ancora una volta a braccia aperte. Anche se non potrà avere un nuovo regno, nessuno le impedisce però di dare vita a una corte tutta sua nel Palazzo Riario alle pendici del Gianicolo, oggi sede dell'Accademia dei Lincei. La dimora diventa in poco tempo un centro culturale dove Cristina chiama a raccolta artisti, studiosi, musicisti e teatranti, oltre a una serie di cardinali tra i piú anticonformisti del circolo vaticanense.

La conversione al cattolicesimo non ha cambiato l'indole trasgressiva della regina, che è allergica a ogni moralismo e non intende trasformarsi in una bigotta per compiacere la nuova fede. I suoi atteggiamenti di scherno nei confronti di certi rituali canonici – come l'adorazione di reliquie di dubbia provenienza – arrivano alle orecchie del pontefice, che cerca in tutti i modi di rimetterla in riga. Ma ogni tentativo di addomesticare quello spirito ribelle è una causa persa. Cristina non ha cambiato neanche le abitudini amorose e, creando il solito scandalo che ormai l'accompagna come un'ombra, si innamora di un cardinale. Sta ancora scrivendo lettere piene di sentimento a Belle, l'adorata dama di compagnia rimasta in Svezia, quando nasce il legame con il cardinale Decio Azzolino, grande affabulatore, un po' ribaldo, insofferente come lei alle regole piú oscurantiste della chiesa cattolica. La loro profonda intesa intellettuale, romantica e forse platonica, durerà tutta la vita e addolcirà finalmente l'esistenza di Cristina. Insieme condividono la passione per l'arte e la cultura, e con il suo aiuto la regina incrementa la già imponente collezione di quadri, libri e manoscritti antichi. La galleria delle statue classiche a Palazzo Riario lascia gli ospiti a bocca aperta, non solo per la quantità e la bellezza degli esemplari, ma anche perché Cristina si è rifiutata di coprire con foglie di fico e drappeggi vari le nudità considerate oscene e peccaminose. La sua residenza diventa un feudo culturale e la sede di un simposio che si riunisce tutti i mercoledí e darà origine alla famosa Accademia dell'Arcadia.

Ma è il giardino il suo vero capolavoro. Cristina lo arricchisce di un'incredibile varietà di esemplari, mette a dimora piú di trecento alberi di agrumi fra aranci e limoni, e il profumo di duecento gelsomini bianchi e rosa incanta i frequentatori delle sue serate romane. È lei stessa, vestita con spartane giacche da uomo, a occuparsi della cura delle piante, entusiasta della facilità con cui crescono nel dolce clima mediterraneo. Finalmente ha trovato il suo Paradiso terrestre, e nessun serpente tentatore né la vanità politica l'avrebbe costretta ad abbandonarlo.

Ma fra le lodevoli imprese intellettuali e giardiniere di questa originale regina, è stato un gesto davvero creativo e pioneristico a colpirmi di piú. Cristina, da sempre appassionata di teatro, non si accontenta di assistere agli spettacoli e ai concerti e decide di fondare un teatro tutto suo, il primo a pagamento della capitale. Un'iniziativa inaudita, specie per una donna. Nasce cosí nel 1670 il teatro *Tordinona*, che ancora oggi, dopo trecentocinquanta anni, offre a ogni stagione un nuovo cartellone al pubblico romano.

Come non bastasse, sfidando ancora una volta divieti e tradizioni, la regina chiede una dispensa papale per permettere alle donne di esibirsi, approfittando della magnanimità del nuovo pontefice, Clemente IX, appassionato di arti. All'epoca non solo era proibito per un'attrice o una cantante salire su un palcoscenico, ma neanche le spettatrici potevano godere degli spettacoli insieme agli uomini, e venivano relegate in palchetti separati o in serate a loro dedicate. Una proibizione ecclesiastica imposta da papa Sisto V nel 1588, che si rifaceva a un passo di san Paolo: «Che le donne tacciano in chiesa». L'interpretazione, però, era stata allargata a ogni luogo, escluso forse il bagno per chi lo possedeva. Le poche artiste che osavano violare questa regola venivano definite ridicole e patetiche, se non puttane. Le donne di spettacolo godevano di una pessima reputazione, erano oggetto di dileggio e satire impietose e si trasformavano in facili bersagli di violenze e stupri, a meno che non godessero della protezione di qualche signore influente. Siamo all'apice dell'Inquisizione, ed è un gioco da ragazzi accusare una donna di ogni genere di colpa: dalla lascivia alla stregoneria, l'elenco è infinito, e basta il sospetto di un uomo «perbene» per decretare una condanna. In particolare la voce femminile è considerata pericolosa, tentatrice come il canto delle Sirene che aveva stregato i marinai di Ulisse. Meno rischioso affidarsi ai castrati e agli attori *en travesti*, che, nonostante gli sforzi, non sempre uguagliano le donne che devono sostituire. Per una breve stagione, al teatro Tordinona la regina di Svezia, con un coraggio ammirevole, rivoluziona i costumi facendo debuttare quelle che chiama le sue «canterine», musiciste, cantanti e attrici di talento che avevano pochissime possibilità di esibirsi ma che finalmente, grazie alla sua protezione, conquistano l'agognato palcoscenico.

Cristina è diventata sovrana di un regno di pura e astratta bellezza, senza terra, né leggi o eserciti a proteggerlo. La sua patria era evaporata in un non-luogo aereo e impalpabile come il Paradiso dantesco, ma abitato da passioni umane e canti celestiali accompagnati dal suono angelico del violino di Arcangelo Corelli, uno dei suoi musicisti preferiti.

Quando nel 1689 Cristina muore, ha solo sessantadue anni ma si considera da tempo un antico monumento della città. Anche se le celebri intemperanze della sovrana sono ormai tollerate dalle autorità ecclesiastiche come un male necessario, la sua uscita di scena è accolta con un sospiro di sollievo dal governo vaticano con il papa in testa, ma il popolino romano, che invece l'ha amata fino alla venerazione, partecipa in massa al suo funerale con vera commozione. Le esequie della regina, nonostante le sue volontà ispirate alla modestia, sono celebrate in gran pompa a Santa Maria della Chiesa nuova, in corso Vittorio. Un funerale troppo semplice sarebbe stato «una vergogna per Roma e un trionfo per gli eretici».

L'addio alla sua città fu un evento clamoroso, tanto quanto l'arrivo piú di trent'anni prima. La salma imbalsamata fu esposta per quattro giorni, vestita di un abito in broccato bianco ricamato a fiori, avvolto in un mantello rosso porpora tempestato di coroncine d'oro; a coprire il viso, una maschera d'argento. Ha pensato a tutto Azzolino, che Cristina ha nominato erede universale, ma a conti fatti, tra i gioielli impegnati e gli enormi debiti contratti con le banche, non rimangono neanche i soldi per pagare la servitú che, nottetempo, trafuga dal palazzo tutto quello che può portar via. Come talvolta accade nelle grandi storie d'amore, il cardinale, inconsolabile, sopravvive solo un mese dopo la scomparsa della sua regina, ma prima di morire riesce nell'incredibile intento di farla seppellire in Vaticano, all'interno della Basilica di San Pietro dove ancora oggi riposa con Matilde di Canossa e Maria Clementina Sobieska, uniche donne a godere del «privilegio» pontificio.

Ma è forse il giardino di quel Palazzo Riario che oggi ospita l'Orto botanico il luogo che piú ci parla di questa sovrana irrequieta, che solo qui, nel suo Paradiso in Terra, ritrovava serenità dimenticando sconfitte e umiliazioni. Passeggiando tra i viali in un assolato pomeriggio romano, costeggio il boschetto di bambú e mi dirigo – passando per l'orto delle officinali – verso le belle serre in ferro e vetro che custodiscono le piante tropicali e una strepitosa collezione di succulente. Cerco romanticamente qualche traccia che mi riporti indietro nel tempo e mi parli di questa enigmatica figura che ho seguito per tutta la città come un segugio, e non posso credere ai miei occhi quando mi appare davanti una rara cactacea, messa a dimora con cura dai bravi giardinieri dell'Orto in una vasca di prezioso marmo grigio. Dopo un interrogatorio serrato all'amabile direttore del giardino, scopro con sorpresa e delizia che sono proprio le vasche del bagno della regina a dare ospitalità alle bizzarre piante grasse nella serra.

Roma ha colpito ancora ed è riuscita ad assorbire la storia regalando nuova vita all'eredità della provocatoria regina di Svezia, che credo riderebbe di cuore dell'accostamento con una pianta spinosa e piena di aculei.

Anche se i suoi resti sono sepolti nella chiesa piú importante della città eterna, mi piace pensare che lo spirito della regina, fuggita da ragazza dai lunghi e gelidi inverni svedesi, oggi riposi al caldo della serra tropicale circondata da amiche altrettanto problematiche e originali, che – come lei – non corrispondono ai canoni leggiadri delle piante alla moda.

9.

Mio nonno è morto in pieno agosto nella casa di campagna. Io non c'ero, viaggiavo migliaia di chilometri lontano da lí, su un bus, verso Kābul. Era passato il tempo in cui dovevo trascorrere le estati a inseguire i miei sogni tra le pareti del salottino a fiori. All'università avevo scelto Lingue e letterature straniere, la facoltà piú generica possibile, ottimo lasciapassare per ogni tipo di fuga da casa.

Non era stato difficile convincere i miei genitori che un passaggio in India sarebbe stato fondamentale per arricchire i miei studi. Per mia fortuna erano parecchio distratti dalle prime avvisaglie del loro declino economico, e non avevano opposto alcuna resistenza. All'epoca si partiva con bagaglio leggero e qualche traveller's cheque nascosto sotto la maglietta, le carte di credito non erano alla portata di tutti, i telefonini ancora non esistevano e la sensazione di viaggiare senza che nessuno potesse rintracciarti regalava un brivido di libertà oggi sconosciuto.

Con la giusta dose d'incoscienza stavo intraprendendo un itinerario ritenuto quasi necessario dalla mia generazione. Non si trattava del Grand Tour ottocentesco per anime sensibili dalle delicate vie respiratorie, anzi, serviva un certo fisico per affrontare i disagi narrati con un po' di sadismo da chi prima di noi aveva aperto la strada di quell'esodo.

Sarebbe difficile, ora, spiegare cosa cercava quella moltitudine di ragazzi della mia età che da ogni paese del mondo convergeva sulla rotta verso l'Oriente. Secoli dopo l'avventura di sant'Amaro, eravamo di nuovo in viaggio inseguendo il desiderio di un orizzonte alternativo, un Paradiso dai contorni incerti che prometteva però una vita diversa da quella programmata dalle nostre famiglie. Non a caso negli anni Settanta l'unica guida italiana disponibile per affrontare questa escursione epocale si chiamava proprio *Viaggio all'Eden*. Sulla tratta Istanbul-Herāt, tappa fondamentale dell'*hippie trail*, pigiati in un bus colorato e maleodorante guidato da uno spericolato autista turco, avevamo già perso ogni contatto con le nostre vite precedenti. Attraversando gli altopiani iraniani, speravamo di superare – insieme al confine – anche la sottile linea d'ombra che ci teneva legati alle nostre radici; e mentre il paesaggio scorreva lento, confuse aspirazioni balenavano dietro i finestrini impolverati come miraggi nel deserto. All'interno di quel veicolo mezzo scassato, si percepiva un'energia che apparteneva a un disegno piú ampio e scavalcava le piccole speranze personali. Eravamo convinti, ingenuamente, di appartenere a una generazione che in un modo o nell'altro avrebbe cambiato il mondo, e se le promesse politiche rischiavano di deludere le aspettative, c'era sempre il sorriso del Buddha a rinfocolare le speranze. Una certezza che la storia, come sappiamo, avrebbe sgretolato senza pietà. Ma per fortuna ancora nessuno lo sapeva.

Louis, capelli stoppacciosi fino alle spalle e una chitarra sgangherata a tracolla, fuggiva dall'America razzista di *Easy Rider* spinto da un'ispirazione mistica. Era a caccia di nuove divinità a cui affidare il proprio destino, e nel frattempo provava ogni tipo di droga che gli veniva offerta per – come si diceva allora – allargare la coscienza.

Mary, la mia nuova amica inglese, carnagione pallida punteggiata di efelidi, dopo aver rinunciato a una borsa di studio a Cambridge voleva raggiungere Auroville, nel

Sud dell'India, dove Sri Aurobindo aveva fondato una città dell'utopia che prometteva l'Eden in Terra. Sua cugina abitava lí e coltivava ortaggi, ma aveva già raggiunto il nirvana piú di una volta.

Michael, l'australiano biondo, era la quintessenza del maschio alternativo desiderabile, cosí bello che ancora me lo ricordo, ma non dava confidenza a nessuno. Rannicchiato in un sedile in fondo al bus, leggeva *On the Road* di Jack Kerouac, il che lo rendeva se è possibile ancora piú attraente.

Io viaggiavo con una tuta jeans over-size e molti braccialetti in vetro sonanti ai polsi, proiettata alla velocità di un cartone animato verso il mio radioso futuro. Eppure, appena arrivata a Kābul, un telegramma con la ferale notizia della morte del nonno – misteriosamente recapitato dall'ambasciata italiana al mio alberghetto di Chicken Street – mi aveva risucchiato nel passato come fossi un pupazzetto a molla legato a un elastico. La casa di campagna era tornata ad avvolgermi con i suoi sbiaditi colori estivi e i suoi stanchi riti.

Nonno era rimasto l'ultimo baluardo di un'epoca e presidiava ormai da solo la tenuta. Dopo la scomparsa della nonna, il suo carattere già irascibile si era inasprito e neanche la presenza di qualche «amica di compagnia» lo aveva addolcito. Lo rivedevo seduto sotto il portico su una sdraio militare, in mutande e canottiera ma con ai piedi le scarpe inglesi su misura perfettamente lucidate. Accanto, il fucile da caccia sempre a portata di mano. Scrutava il cielo per avvistare un passerotto di passaggio, e se il malcapitato incrociava la sua traiettoria, nonno, senza alzarsi dalla sdraio, sparava un colpo dietro l'altro, di solito a vuoto. Questa era la sua stagione della caccia e, data l'età e gli acciacchi, non poteva onorarla diversamente.

Mary, Louis e l'australiano erano svaniti all'orizzonte, e l'immagine del nonno in mutande mi accompagnava nelle perlustrazioni della valle di Bamiyan, nel Nord dell'Afghanistan. Stavo cercando il mio nuovo Eden e avevo trovato ancora una volta la casa di campagna. Quella terra, che mi era apparsa solare e accogliente come un paese delle favole, ora era solcata da nuvole grigie cariche di infausti presagi da cui sbucava, implacabile, il ritratto del nonno.

Un santone locale mi esortava a espirare con tutto il fiato che avevo in corpo per scacciare l'ansia e liberare la mente, ma stavo salendo i gradini scavati nella roccia all'interno di uno dei giganteschi Buddha che dominavano la valle e mi girava la testa. In un inglese stentato, provavo a spiegare al mio interlocutore mistico quel che Jean-Paul Sartre, un guru di casa nostra, ci aveva insegnato: «Il ricordo è l'unico Paradiso dal quale non possiamo venir cacciati». E aggiungevo, sconsolata: – E purtroppo non c'è modo di liberarcene.

Approfittando della sua calma ieratica, gli raccontavo in che modo la figura del nonno, che credevo di non aver mai amato davvero, adesso mi mancava. E mi sentivo in colpa per non essere nella casa da dove ero fuggita. Un inutile mare di parole che farfugliavo rischiando il collasso.

L'asceta mi sorrideva enigmatico: forse non aveva capito il mio inglese, o forse invece aveva capito tutto ma era superflua ogni risposta. La natura parlava per lui e mi invitava a guardare l'orizzonte, che appariva davanti a me incorniciato dal terzo occhio del Buddha scavato nella pietra come una finestra sull'assoluto. Eravamo giunti in cima all'imponente statua di cinquantatre metri che dominava la valle, ci trovavamo proprio nella testa del Buddha gigante, una scultura monumentale costruita millecinquecento anni fa che oggi non c'è piú. Nel 2001, i talebani appena arrivati al potere hanno ordinato con un editto l'immediata distruzione delle statue colpevoli di promuovere l'idolatria, ma ci è voluto piú di un mese di bombardamenti a colpi di dinamite e cannonate per demolire i due colossi intagliati nella montagna. Adesso al loro posto ci sono due buchi neri. Un altro Paradiso perduto da aggiungere alla lunga lista dei luoghi da rimpiangere. Per un cortocircuito della memoria, la loro sparizione per me è ormai indissolubilmente legata alla morte del nonno e alla fine delle stagioni nella casa di campagna, che, senza la sua presenza, è stata abbandonata e venduta nel giro di pochi anni. Non sono mai piú tornata in Afghanistan, e oggi, mentre scrivo di Paradisi, mi appaiono le foto di bambini scalzi e affamati, perduti fra le strade innevate di una Kābul dilaniata dall'ennesima dominazione, dove alle donne non solo è proibito viaggiare, ma non possono nemmeno frequentare la scuola dietro l'angolo.

Chissà se un giorno, quando pioggia ed eruzioni avranno cancellato anche l'ultima traccia dei Buddha della valle di Bamiyan, si metterà in dubbio la loro esistenza. È facile trasformare la realtà in leggenda, piú dolce ancora affidarsi speranzosi alla potenza della mitologia. L'El Dorado, Atlantide, Avalon, Iperborea e tanti altri Eden incantati di cui si son perse le tracce sono miraggi un po' sbiaditi tenuti in vita da un'epica favolistica. Si dubita della loro esistenza, ma rimangono nella nostra memoria collettiva come un riflesso lontano, utile ad alimentare il desiderio mai quietato di un altrove migliore in cui sia possibile essere felici e vivere in armonia.

Questo è il potere suggestivo dei tanti luoghi paradisiaci che si sono succeduti nella storia, primo fra tutti la mitica Shangri-La, nascosta come un gioiello prezioso negli altipiani del Tibet e protetta da barriere di montagne insormontabili. La località segreta è descritta nell'antico Canone buddhista tibetano come una regione fertile a forma di fiore di loto, abitata da uomini virtuosi che non patiscono dolori né malattie e condividono in pace una vita illuminata da una profonda spiritualità. La parola Shangri-La, storpiata dal sanscrito Śambhala, rimbalzando nei secoli è diventata sinonimo di Paradiso in Terra e si è tramutata in un nome magico che ogni cultura ha preso in prestito per descrivere un'oasi incontaminata, libera dalla violenza e dalla corruzione della civiltà. Anche l'immaginario pop si è impadronito di questo luogo leggendario: basti pensare che esistono quasi cinquecento brani che nominano Shangri-La nel testo. Dai Bee Gees ad Aretha Franklin, passando per i Led Zeppelin e gli Oasis, Elton John e perfino Marilyn Manson, tutti hanno sentito la necessità di dedicarle dei versi, addirittura il sobrio Francesco Guccini la evoca in una canzone.

Ma il mito di Shangri-La, cosí diffuso in Occidente, nasce da un'invenzione letteraria. È lo scrittore inglese James Hilton ad accendere la miccia nel 1933 con *Orizzonte perduto*, un romanzo che fu subito un successo clamoroso tanto da divenire il primo libro a uscire in edizione tascabile. La storia narra di un gruppo di occidentali che, dopo un incidente aereo, si ritrova nelle montagne del Tibet e, tramite un valico nascosto nella valle della luna blu, arriva nella città segreta di Shangri-La. Il protagonista, Robert Conway, insieme agli altri superstiti, entra in contatto con una nuova civiltà di saggi che vive in sintonia con la natura, coltivando le arti e la filosofia. In questo regno utopico, gli abitanti, seppur centenari, restano giovani e hanno abolito ogni conflitto, conciliando credi e religioni diversi senza piú nessuna ostilità.

Il gran lama di Shangri-La cosí sintetizza agli stranieri la propria missione:

> Staremo qui con i nostri libri, con la nostra musica, con le nostre meditazioni a custodire le fragili eleganze di un'età moribonda, cercando quella saggezza di cui gli uomini avranno tanto bisogno quando le loro passioni si saranno consumate.

Era il Paradiso ideale per un'umanità ancora traumatizzata dagli orrori della Prima guerra mondiale e minacciata dai nuovi totalitarismi che si affacciavano all'orizzonte, ma andrebbe bene ancora oggi per accogliere gli abitanti del mondo scossi e feriti dall'èra della pandemia da Covid-19 e dai continui conflitti che infiammano il pianeta.

Quando Hollywood nel 1937 decide di trarre dal romanzo un film di Frank Capra, Shangri-La diventa cosí popolare che si trasforma in un brand della felicità alla portata di tutti, poco importa se gli altipiani del Tibet nella pellicola sono i canyon assolati a pochi chilometri da Los Angeles.

Pigiati in quel *magic bus* verso l'Oriente, sapevamo a malapena che già tante altre generazioni di sognatori erano state spinte dallo stesso anelito verso un cambiamento: a noi bastava aver letto *Siddharta* di Hermann Hesse, o anche solo il seguito di *On the Road*, che invitava tutti a diventare Vagabondi del Dharma. Secondo Jack Kerouac, serviva poco per abbracciare una vita nomade fai da te, era sufficiente caricarsi uno zaino in spalla e partire, imparando a meditare fissando la strada che scorreva sotto i piedi: «tutti Pazzi Zen che vanno in giro scrivendo poesie [...] e [...] continuano a elargire visioni di libertà eterna a ognuno e a tutte le creature viventi». E a parte la certezza di trovare il miglior afghano nero da fumare a prezzi popolari, queste erano le scarne istruzioni che possedevamo per raggiungere l'illuminazione.

Non mi meraviglia, oggi, la modestia dei risultati. Forse, se avessimo letto i libri di Alexandra David-Néel, avremmo affrontato la nostra ricerca del Paradiso con un'altra consapevolezza. Ma la storia di questa incredibile viaggiatrice non era annoverata fra i testi sacri: il suo destino, al pari di molte altre pioniere, è stato quello di restare quasi invisibile, eppure le avventure di una ragazza ribelle di fine

Ottocento avrebbero di sicuro alimentato la mia fantasia piú di tanti sermoni della Beat Generation.

Alexandra David-Néel è vissuta la bellezza di centouno anni, e soltanto pochi mesi prima di morire si era fatta rinnovare il passaporto perché voleva esser pronta ad affrontare una nuova spedizione in Oriente. Pur essendo una delle piú importanti studiose e divulgatrici della religione buddhista, non si può certo definirla un'asceta dedita solo alla meditazione, piuttosto una donna d'azione guidata da un insaziabile desiderio di conoscenza che l'ha spinta a tramutare ogni stimolo intellettuale in un'esperienza rocambolesca.

Alexandra nasce nel 1868 da un padre ugonotto e anarchico e da una madre fervente cattolica, a Saint-Mandé, vicino a Parigi, in un tempo in cui le donne sono ancora sottoposte alla tortura del corsetto e costrette a seguire regole di comportamento rigidissime che «Lampada di Saggezza» – cosí Alexandra si farà chiamare piú tardi nel suo percorso buddhista – giudica insensate e di una noia mortale. Per scoprire il mondo e raggiungere il Paradiso della conoscenza, non si può restare chiuse in casa a ricamare in attesa di un marito, e cosí, sin da piccola, Alexandra sperimenta le prime fughe solitarie aggirando di continuo la sorveglianza di bambinaie disperate.

> Fin dall'età di cinque anni desideravo uscire dagli stretti limiti in cui, come tutte le bambine della mia età, ero allora tenuta. Desideravo andare oltre il cancello del giardino, seguire la strada che lo oltrepassava, e partire per l'Ignoto.

Quando non è intenta a far perdere le proprie tracce, divora la biblioteca del padre e comincia ad appassionarsi alla storia delle religioni, ma legge d'un fiato anche l'opera completa di Jules Verne e sviluppa un vero talento per la musica. A sedici anni inforca la bicicletta e intraprende il suo primo grande viaggio. Senza bagaglio, vestita con un impermeabile leggero, scappa da Bruxelles dove vive con la famiglia e raggiunge l'Italia traversando a piedi il valico del San Gottardo. Con sé ha portato solo un libriccino di Epitteto, il suo filosofo preferito, di cui ha già adottato come un mantra questa massima: «Nessuno è libero se non è padrone di sé stesso». Per una donna all'epoca è inverosimile viaggiare senza un accompagnatore ma nessuno osa fermarla. Alexandra si finge una giovane vedova e, grazie a un talento da teatrante che le tornerà utile anche in futuro, riesce a ingannare albergatori e poliziotti. Si arrende soltanto quando le rimangono poche monete per un telegramma ai genitori. «Venite a prendermi. Sono senza soldi». Audace, spavalda e assolutamente priva di sensi di colpa.

È incredibile immaginare una ragazza del 1884 osare tanto: quasi cent'anni dopo, neanche nei sogni piú arditi accarezzati nel salottino a fiori avevo mai contemplato un simile azzardo. Ma non è che l'inizio della sua epopea: fuggirà ancora in Francia e in Spagna deludendo le aspettative della madre, che rimane ad aspettarla con in mano un abito ridondante di pizzi e volant preparato per il debutto di Alexandra in società. Mademoiselle David non è solo un'anticonformista affamata di avventure; il suo percorso culturale è se possibile ancora piú sorprendente delle numerose imprese di viaggiatrice.

A vent'anni già padroneggia diverse lingue, tra cui il sanscrito, e continua ad approfondire da autodidatta gli studi sulle filosofie orientali e sul buddhismo tibetano. Frequenta la Società Teosofica francese e passa interminabili pomeriggi nel Museo Guimet di Parigi, che è tuttora una delle mete piú ambite degli appassionati di arte orientale. Appena compie la maggiore età, può finalmente spiccare il volo senza chiedere il permesso e, grazie alla modesta eredità di una madrina, decide di partire da sola per l'India. Anche se questa volta indossa un abito bianco e l'ombrellino parasole, alla moda delle escursioniste dell'epoca, incanta e sbalordisce con la sua saggezza mistica ogni guru e santone che incontra sulla via. Il viaggio è il coronamento di un sogno, e appena l'inizio delle tante esplorazioni in Oriente che affronterà nel corso della vita.

Tutto la conquista nel nuovo paese che scopre decenni prima di ogni figlio dei fiori, verificando passo passo – come piace a lei – quello che ha studiato per anni sui libri. Apprende le tecniche di meditazione, è affascinata dalla musica tibetana e assiste mascherata da ragazzo alle cerimonie proibite alle donne. A colpirla in particolare è la convivenza delle diverse religioni: per la giovane studiosa la spiritualità non ha confini e si fa ospitare indifferentemente dai monasteri buddhisti o dai missionari cristiani. Purtroppo, dopo un anno di pellegrinaggi è di nuovo costretta a tornare in Europa per mancanza di fondi. Nonostante gli inutili sforzi della madre, che la vorrebbe sposata e sistemata, Alexandra non ci pensa proprio a trovarsi un marito: secondo lei il matrimonio rappresenta la rinuncia a ogni libertà, e s'ingegna per ottenere un'indipendenza contando nient'altro che sulle sue forze.

Per raggiungere l'emancipazione economica, ancora oggi le donne devono percorrere strade irte di ostacoli; ma per una ventenne di fine Ottocento, senza rendite familiari né la protezione di qualche amante altolocato, si tratta di una missione al limite dell'impossibile, specie per un'irrequieta come Alexandra, che non si accontenta di «una stanza tutta per sé» ma pretende l'intero mondo a portata di mano. Eppure, nonostante le difficoltà, non si scoraggia e mette in campo un'energia quasi vulcanica per raggiungere i suoi obiettivi.

Gli anni a cavallo del secolo la vedono nelle vesti di giornalista, scrittrice di saggi filosofici, orientalista, suffragetta al centro delle battaglie per i diritti delle donne e fervente anarchica. Nel 1899 scrive *Pour la vie*, un appassionato pamphlet contro lo Stato, la chiesa, le armi, la finanza e naturalmente contro la sottomissione sociale del genere femminile. Un libretto cosí dirompente ed eversivo che viene rifiutato come il diavolo da ogni editore, ma che circola clandestinamente al pari di un testo sacro fra i gruppi anarchici di tutto il mondo e viene tradotto in cinque lingue. Tra una battaglia e l'altra, Alexandra, per non trascurare nessuna possibilità, riprende gli studi musicali impegnandosi ad affinare le doti canore, e visto che ha un discreto talento al piano e possiede una piacevole voce di soprano, decide di partecipare alle audizioni dell'*Opéra* di Parigi nella speranza di ottenere una scrittura. Nella sorpresa generale, soprattutto della madre che la considera ormai una causa persa, all'età di venticinque anni conquista il ruolo di *première cantatrice* all'Opera Company di Hanoi e parte di nuovo per l'Oriente, questa volta però con una valigia piena di costumi di scena. Ci vorrà tempo per raggiungere il Tibet. La sua Shangri-La deve ancora aspettare. Ma Alexandra non può che cogliere al volo l'occasione straordinaria di una nuova carriera che le permette di viaggiare in totale autonomia e con un vero stipendio.

E qui devo prendere un fiato, perché nemmeno un incallito sceneggiatore di serie di successo avrebbe mai osato inventarsi una trama cosí surreale. Eppure, l'immagine di Alexandra nei panni della Traviata che, fra un atto e l'altro, legge dietro le quinte il *Mahābhārata* declamando in sanscrito non è frutto di una follia narrativa, bensí uno dei tanti capitoli della vita di questa donna che non finisce mai di sorprendermi.

Per un decennio Mademoiselle David andrà in tournée nei teatri d'opera del Medioriente, intrecciando libere relazioni amorose sempre decisa a non sposarsi. Ma non trascura la vera passione e continua a intervenire nel dibattito culturale del tempo, pubblicando saggi modernissimi sul buddhismo contro le mistificazioni e gli esotismi di maniera tanto in voga nella società occidentale. Nel momento in cui la sua voce di soprano comincia a incrinarsi, riceve l'offerta di dirigere il teatro nazionale di Tunisi. Con saggezza, accetta il prestigioso incarico dietro le quinte e si stabilisce in città.

Poi, all'improvviso, un colpo di scena che nessuno si aspetta. Il piú sbalordito è Monsieur Louis David, il padre di Alexandra, quando una mattina del 1904 riceve una lettera da parte di un certo Philippe Néel che gli chiede la mano della figlia. L'anziano genitore, dopo aver verificato la volontà di Alexandra, non può che concederla, ma la risposta a questa sorprendente richiesta è un capolavoro di diplomazia che rivela con quanto affetto il padre abbia assecondato e rispettato negli anni le convinzioni della figlia ribelle:

> La vostra lettera mi ha suscitato grande stupore. Fino a oggi, mia figlia aveva mostrato una cosí ferma determinazione a non rinunciare mai alla sua libertà, e aveva costantemente protestato contro lo stato di inferiorità che la legge impone alla donna in tutti gli atti della sua vita dopo il matrimonio.

Una specie di manifesto femminista che, stilato da un genitore dei primi del Novecento, impressiona per l'estrema modernità.

La determinazione di Alessandra non sente ragioni: ha deciso di sposarsi, e ormai trentaseienne, età in cui le ragazze sono considerate zitelle stagionate, si unisce in matrimonio con Philippe Néel, ingegnere capo delle ferrovie francesi in Nordafrica, occhi azzurri e baffetti impertinenti, dongiovanni e scapolo incallito, e proprio per questi motivi considerato un ottimo partito nell'alta società tunisina. La foto della coppia vestita alla moda mentre sorride sul ponte dell'*Hirondelle*, lo yacht di Philippe ancorato nel porto di La Goulette, sembra uscita da un album di ricordi della Belle Époque: fa venire in mente serate eleganti profumate da gelsomini e rallegrate da numerose coppe di champagne. Un'immagine che lascia però stupefatti amici e parenti della fervente studiosa di buddhismo.

La caratteristica piú affascinante di questa originale donna d'azione è la naturale propensione alle contraddizioni. Anche per chi la conosce bene, il matrimonio con Philippe rimane un mistero ed è difficile comprendere i motivi di questo testa-coda esistenziale. Di sicuro Alexandra è attratta dal fascino di Philippe, tuttavia è consapevole che se una donna vuole conquistare autorevolezza nei circoli piú snob dell'intellighenzia europea, certo non basta l'eccellente preparazione che lei sa di possedere. Purtroppo, per la società dell'epoca ha anche bisogno di quella rispettabilità che solo una fede al dito può conferire. La giovane studiosa vuole a ogni costo essere giudicata alla pari di monumenti della filosofia come Henri Bergson, l'intellettuale allora piú *à la page* nei salotti francesi. «Scusa la mia temerarietà, ma credo di avere molte piú cose da dire di Bergson», scrive al marito. Anche se per dimostrarlo deve mettere in campo il doppio dell'energia, del lavoro e soprattutto una documentazione scientifica che non lasci spazio a nessuna critica.

> Perché il giorno che sarò giudicata dai sapienti delle accademie, si dovranno tutti rendere conto che la mia non è soltanto pura erudizione, ma che ho visto vivere e ho toccato con mano quello di cui parlo.

E qui la critica ai professoroni che sparano sentenze protetti dalle quattro pareti dei loro comodi studi è piuttosto evidente.

È naturale che un poeta visionario della Beat Generation come Allen Ginsberg abbia amato alla follia questa pioniera sognatrice ed eccentrica, ed è proprio attraverso i libri di Alexandra David-Néel – non certo grazie a quelli di Bergson – che Ginsberg ha mosso i primi passi verso la conoscenza del misticismo e del buddhismo. Ma quando leggevamo *Jukebox all'idrogeno* nei bar di Old Delhi, sorseggiando il lassi che provocava dolenti enterocoliti, pochi di noi conoscevano Alexandra. D'altronde il Nobel l'avevano assegnato a Henri Bergson, e ci sarebbero voluti anni di studi femministi per riportare alla luce l'opera monumentale di quella che dai contemporanei era stata chiamata «Madame Tibet».

Non è dato sapere, invece, quanto il marito di Alexandra fosse interessato alla filosofia, tantomeno cosa abbia risposto all'accorata lettera della moglie. Come c'era da aspettarsi, il matrimonio – frutto di una studiata strategia o del guizzo di un momento – non ha avuto comunque lunga vita.

Nel 1911, con l'assenso di Philippe che ha rinunciato da tempo a tenerla a bada, Madame Néel è di nuovo in viaggio. Il suo desiderio è raggiungere Lhasa, il trono di Dio, capitale sacra del Tibet, Eden incontaminato e proibito a ogni viaggiatore. Le lunghe peripezie e gli ostacoli da superare per esaudire questo sogno diventeranno un percorso d'iniziazione spirituale, attraverso culture e terre che pochi occidentali hanno conosciuto.

Stavolta riparte dall'India. Alla ricerca delle origini del buddhismo, scavalcando montagne inaccessibili, approda in Tibet. Eppure ogni tentativo di avvicinare il suo Paradiso appare impossibile. Ogni strada, anche la piú impraticabile e remota, sembra preclusa, ed è impensabile ottenere il visto dai britannici che governano la regione, tanto che

Alexandra scrive amareggiata sul diario: «Come osano negare l'accesso a una terra che non è la loro?» Una frase che purtroppo presagisce dominazioni ancora piú crudeli di là da venire. Dopo l'ennesimo tentativo, la donna, che ormai si fa chiamare «Lampada di Saggezza», decide di non fermarsi e, in attesa di tornare all'attacco della città proibita, continua le sue esplorazioni temerarie. Adotta la lentezza come nuova forza e si spinge in Cina, in Mongolia, in Corea, arrivando fino in Giappone.

Per piú di quattordici anni viaggia senza mai rivedere la Francia, in condizioni estreme, affrontando stenti e difficoltà, rischiando persino l'arresto e la prigione, spesso riservata ai viaggiatori indesiderati. Attraversa guerre e ostilità, e passa ventiquattro mesi a meditare da sola in una caverna nel Sikkim. «Vivere in una caverna è il classico brevetto del grande yogismo», commenta con molto spirito Alexandra, che nonostante la profondità degli studi possiede un acuto *sense of humour*.

Nelle lunghe peregrinazioni incontra formidabili maestri come il Dalai Lama. È la prima donna occidentale a essere ammessa al suo cospetto, e fraternizza con nuovi compagni di viaggio come il giovane monaco buddhista Aphur Yongden. Con lui nascono un'amicizia profonda e una collaborazione spirituale che dureranno tutta la vita, tanto che, con uno dei suoi tipici gesti anticonformisti, Alexandra, non avendo mai voluto figli, deciderà di adottarlo e portarlo con sé in Europa. In questi anni di nomadismo il suo aspetto è completamente mutato; quella che ora vediamo grazie a qualche rara foto, è un'altra donna: il volto indurito dal sole, il fisico irrobustito dalla vita all'aperto, imbraccia fiera il bastone da montagna come una regina Lama vestita di stracci. E malgrado il suo sesso, è rispettata dalle autorità religiose che la ricevono riconoscendo in lei l'illuminazione suprema.

Però il suo Paradiso ancora le sfugge. Lhasa sembra sempre piú irraggiungibile, ma Lampada di Saggezza non si arrende e decide di penetrare di soppiatto nei territori proibiti abbandonando le vie ufficiali sorvegliate da inglesi, cinesi e dagli stessi tibetani. Per compiere l'impresa lascia il poco bagaglio che possiede, si priva persino della spartana vasca di zinco per il bagno quotidiano, unico lusso occidentale a cui non ha rinunciato, e intraprende la nuova rischiosa avventura accompagnata soltanto dal fido compagno Yongden.

Questa volta parte da Pechino e, raggiunta a piedi la Mongolia, punta verso il Tibet scegliendo le strade piú impervie e secondarie, come una clandestina. Per non dare nell'occhio si finge una mendicante: l'esperienza teatrale l'aiuta nel travestimento. Scurisce volto e mani con la cenere umida, intreccia peli di yak ai capelli per simulare le lunghe trecce delle donne tibetane. Sopravvive chiedendo l'elemosina, e quando non trova niente da mangiare, è costretta a nutrirsi con il brodo ottenuto bollendo il cuoio. La strana coppia passa il confine del Tibet nell'ottobre del 1923 e decide di valicare in pieno inverno le cime piú alte del mondo. Alla fine del gennaio 1924, Alexandra David-Néel all'età di cinquantacinque anni entra finalmente a Lhasa, prima donna occidentale a compiere l'impresa.

Vi rimane in clandestinità per quattro mesi, «ridotta ormai a uno scheletro» cosí scrive al marito, ma trionfante come dimostra l'unica foto in posa davanti al Palazzo del Potala, oggi tristemente trasformato in museo dal governo cinese. Uno scatto storico per documentare il successo personale, e anche una testimonianza provocatoria per attirare l'attenzione sulla profonda ingiustizia dei governi che decretano per legge un territorio invalicabile e proibito. Come sempre, ogni suo gesto riesce a essere insieme spirituale e politico, ed è proprio questa la grande modernità della viaggiatrice filosofa che ha saputo divulgare con le opere – ma soprattutto con la vita – il buddhismo in Occidente. Impossibile non pensare a Lhasa oggi, divenuta una città divertificio per turisti, piena di alberghi che si chiamano *Eden* o *Shangri-La*. La maggior parte del patrimonio artistico è stato distrutto per lasciar posto a una Disneyland della spiritualità *all inclusive*, alla portata di tutti ma proibita al Dalai Lama, costretto a vivere in esilio dopo l'occupazione cinese del 1950.

Quando rientra in Europa nel 1925, «Madame Tibet», cosí ormai la definiscono i giornali, è salutata al pari di un'eroina, e il resoconto del suo pellegrinaggio, *Viaggio di una parigina a Lhasa*, diventa subito un successo letterario. Adesso, grazie agli introiti dei libri, può dedicarsi agli studi, alle conferenze internazionali e all'orto che cura di persona nella nuova casa di Digne, in Provenza, la «fortezza della meditazione» dove va a vivere con Yongden, il figlio con cui ha scelto di condividere l'esistenza. Di Philippe Néel, malgrado il divorzio, continua a mantenere il cognome; il loro rapporto, nonostante tutto, è sincero e nel tempo si è trasformato in un'affettuosa amicizia. Lo dimostra l'intenso scambio di lettere che non si è mai interrotto.

Ma Lampada di Saggezza non si ferma dopo la conquista del suo Paradiso. L'indole irrequieta e la curiosità divorante la spingono a riprendere il cammino per tante e tante volte ancora, c'è sempre una nuova Shangri-La da raggiungere e il prossimo desiderio da soddisfare. «Come insegna saggiamente il buddhismo, ogni desiderio è sofferenza».

E allora ben venga la sofferenza, che si quieta soltanto inseguendo la propria immaginazione. Anche se l'età consiglierebbe approdi piú sicuri, come si può rinunciare a compilare una grammatica tibetana o a raggiungere regioni sconosciute della Cina?

Quando nel 1969 Alexandra compie cent'anni, sta lavorando a un altro progetto: un viaggio irrinunciabile insieme a Marie-Madeleine, la fidata segretaria che ha sostituito nel suo cuore il figlio Yongden che, seppur molto piú giovane di lei, è morto da quindici anni. La nuova idea di Lampada di Saggezza prevede l'intero giro del mondo a bordo di una Renault 4CV, partendo naturalmente dall'Oriente. Unica concessione all'età: accetta che a guidare sia la segretaria.

Alexandra, una donna nata in Francia mentre regnava l'imperatore Napoleone III e i pittori impressionisti muovevano i primi passi, sopravvissuta al pari di una divinità Yoda a due guerre mondiali, a varie rivoluzioni e ai viaggi piú spericolati, è pronta a percorrere l'*hippie trail* insieme a una generazione che lei aveva anticipato in ogni visione e in ogni desiderio.

Sarebbe stato bello, attraverso i finestrini del *magic bus*, vedere la Renault 4CV di Madame David-Néel percorrere scoppiettando le strade che conosceva a memoria. Avrebbe superato tutti come sua abitudine e ci avrebbe fatto mangiare la polvere.

Invece il destino ha voluto diversamente, ma Alexandra è tornata ancora una volta in Oriente per l'ultimo viaggio quando la devota Marie-Madeleine ne ha sparso le ceneri insieme a quelle di Yongden nel Gange, il fiume sacro dell'India. Un Paradiso transitorio che voleva raggiungere prima di rinascere in qualcuno o in qualcosa che di certo non smetterà di stupirci.

10.

La cantina della casa di campagna era un labirinto di tufo umido. Sembrava scavata nella roccia a picconate e si narrava che la villa fosse stata costruita proprio sopra questa antica caverna, che secondo varie leggende familiari aveva ospitato prigionieri e fuggitivi sin da epoche lontanissime.

Sulle pareti viscide erano incisi segni misteriosi e strane croci, che gelavano il sangue quanto i pipistrelli che d'improvviso lasciavano oscuri nidi invisibili e svolazzavano minacciosi sulla testa dei visitatori. Era un luogo spaventoso e quindi molto attraente per noi bambini, che imploravamo il nonno di accompagnare il fattore Vincenzo ogni volta che andava a spillare il vino per il pranzo. Era un premio ambito, e veniva concesso solo se eri stato molto bravo e non avevi sghignazzato a tavola quando la zia Olga risucchiava rumorosamente la minestra dal cucchiaio – il che era quasi impossibile. Ma se riuscivi a conquistare il grande onore, anche se il cuore cominciava a battere all'impazzata non avresti rinunciato per niente al mondo a vivere quell'avventura.

Il fattore Vincenzo era un uomo imponente. Non andava a cavallo ma portava sempre degli stivali lucidi fino al ginocchio e un mazzo carico di chiavi appeso alla cintura. Quella della cantina era gigantesca, proporzionata al portone in legno alto come quello di una cattedrale. Vincenzo era il nostro san Pietro: come lui, aveva l'accesso ai meandri piú segreti del nostro Paradiso, un viaggio nel Mondo del Sottosopra piú avvincente di una puntata di *Stranger Things*.

Appena varcavi l'entrata, un'incredibile escursione termica ti proiettava in un universo buio e glaciale che puzzava di muffa. Ma Vincenzo, che conosceva quell'antro oscuro meglio della sua casa, abbassava una leva arrugginita e luci tremolanti annebbiate dalle ragnatele si accendevano a intermittenza proprio come nel tunnel degli orrori, attrazione principale delle giostre alla festa di Santa Rosa.

– È vero, Vincenzo, che quaggiú vivono i vampiri? E i fantasmi? E gli spettri?

Lo martellavamo di domande per vincere la paura, e lui rispondeva laconico:

– Scegne, scegne… e occhio alle sasse…

Che sarebbero i sassi, ma in dialetto viterbese tutte le parole al plurale vengono coniugate in un affascinante femminile che ha risolto ogni questione di genere in anticipo sui tempi.

Superati gli inspiegabili pietroni disseminati sul percorso in terra battuta, scendevamo piú giú, alle botti grandi, e a quel punto eravamo pronti per l'assaggino. Era un rito concesso agli spillatori, un'innocente trasgressione che coronava la nostra coraggiosa discesa agli inferi. Ci bastava bagnare le labbra con quel vino fresco e saporito per sconfiggere ogni timore e sentirci invincibili, finalmente padroni e signori della nostra cantina.

Ognuno sa dove cercare la propria felicità, e a volte un'idea di Paradiso può nascondersi persino in una grotta buia e misteriosa. Lo sapevano bene il fattore Vincenzo e il re di Baviera, Ludwig II.

Sulla parete scoscesa di una catena montuosa della Turingia, alle pendici di un fitto bosco, si apre tra le rocce una fessura, piú una crepa che un vero passaggio. Solo chi ha il coraggio di mettersi carponi e procedere a quattro zampe su un terreno accidentato e scivoloso può scoprire l'antro che ha dato origine a una delle epopee piú romantiche della cultura germanica. Nella realtà, la caverna dell'Hörselberg – ancora oggi meta del piú ostinato turismo sentimentale – non è piú grande di una stanza ed è infestata dalle zanzare, ma quel che conta è la tradizione popolare che ha perpetuato una storia molto piú seducente. Si dice che attraverso un passaggio segreto si arrivasse fin nelle viscere della montagna e che lí era celata la dimora di Venere, un palazzo favoloso circondato da un giardino incantato abitato dalla dea e dalle sue ancelle. Nottetempo, nei dintorni della grotta si poteva ascoltare il rumore scrosciante di una cascata insieme a risa, musica e canzoni, e c'era chi assicurava di aver addirittura visto bellissime fanciulle danzare alla luce della luna.

La mitologia racconta che proprio questa scena idilliaca sia apparsa al cavaliere Tannhäuser, di professione trovatore, una specie di cantautore dei nostri tempi, che, capitato per caso da quelle parti, venne stregato dalla bellezza di Venere in carne e ossa, e senza pensarci un attimo decise di seguirla nel palazzo nascosto nel cuore della montagna restandovi per sette lunghi anni.

Al mito di Tannhäuser è ispirata l'omonima opera di Richard Wagner, che nel primo atto racconta le delizie della convivenza del cavaliere con la dea dell'amore in quella che è ormai conosciuta come la Grotta di Venere. Un luogo paradisiaco popolato di amorini e giovani coppie di amanti che, tra canti e balli, si godono le gioie della vita in una specie di allegro baccanale che non conosce un domani. Ma come spesso succede anche nelle migliori storie di coppia, di punto in bianco il cavaliere, stanco delle lusinghe del piacere, decide di abbandonare Venere al suo destino. E Venere?

Cosa volete che faccia? Come tutte le donne, non può che chiedere spiegazioni in una sequenza incalzante di domande che, tradotte dal libretto originale dell'opera, suonano ancora attuali agli spettatori del terzo millennio:

Che debbo io udire? Quale canto!
A qual fosco ritmo si piega la tua canzone?
Dove ti fuggí l'ebrezza,
che solo t'ingiungeva canti di voluttà?
Quale la causa? In che fu l'amor mio negligente?
O caro, di che mi fai rimprovero?

Insomma, come dire: «Stasera parliamo!»

Anche nelle leggende piú romantiche va spesso a finire cosí: il giorno prima sei l'amore della sua vita e fonte di ogni felicità, e un bel mattino l'eroe non vede l'ora di darsela a gambe. Ulisse, Orlando, Rinaldo per citare solo alcuni tra i protagonisti piú celebrati dalla mitologia, abbandonano puntualmente i giardini incantati dell'amore, ma soprattutto mollano su due piedi le donne che li hanno accolti con sincera generosità. A dimostrare ancora una volta che i paradisi pieni di delizie a lungo andare vengono a noia e, passata la sbornia della novità, i fieri cavalieri sono assaliti dal pentimento per essersi abbandonati alla lascivia del peccato. A quel punto in genere tornano dalla moglie, oppure, come Tannhäuser, implorano perdono a Dio.

La sera del 13 marzo del 1861, alla prima parigina dell'opera di Richard Wagner dedicata al trovatore stregato da Venere, si respira l'aria delle grandi occasioni. Le cronache mondane si soffermano sul luccichio delle toilette delle signore illuminate dagli sfavillanti lampadari del teatro, mentre i *gentlemen* del *Jockey Club* chiacchierano amabilmente perché in realtà sono venuti solo per vedere il balletto che, come si sa, arriva d'abitudine al secondo atto.

Nessuno presta attenzione alla portentosa musica di Wagner che esalta le sontuose scenografie del teatro imperiale dell'*Opéra*, come racconta «Le Ménestrel», rivista di spettacolo in voga all'epoca.

> Quella sera all'apertura del sipario la Grotta di Venere appare come un sogno, le pareti di roccia sono ricoperte da una lussureggiante vegetazione, naiadi e sirene avvolte da vapori illuminati di rosa danzano in compagnia di fauni e ninfe abbandonandosi con sensualità peccaminosa all'amore.

Ma sul piú bello, come da copione, Tannhäuser, assalito da un senso di colpa fulminante, intona il suo canto disperato e nostalgico e si prepara alla fuga in un impetuoso crescendo. Nella distrazione generale, soltanto uno spettatore rabbrividisce di piacere: è Charles Baudelaire, che come un rabdomante dei sentimenti riconosce nelle note wagneriane qualcosa che si è destinati ad amare, e da quell'istante si vota al culto di Wagner e della «musica dell'avvenire», come ormai viene chiamata dai suoi accoliti. Nella folta platea è l'unico a gioire della rivoluzione artistica del maestro tedesco che, lasciando tutti a bocca asciutta, non ha inserito nella partitura le classiche arie orecchiabili tanto amate dai frequentatori dell'opera. Rischiando lo scandalo, Wagner ha addirittura tagliato il balletto, con forte disappunto degli habitué che rumoreggiano in sala. Il maestro non è interessato ai facili effetti e ai virtuosismi dei cantanti: ascoltassero Rossini se vogliono cantare a squarciagola le melodie alla moda. La sua musica è un flusso di armonie sublimi che deve innalzare gli animi e soggiogare i cuori, non certo prestarsi a gonfiare la vanità di qualche teatrante da strapazzo.

È Wagner in persona quella sera a dirigere l'orchestra. In preda a un nervosismo crescente e con le poche parole in francese che conosce, rimbrotta a voce alta i musicisti accusandoli di non andare a tempo. È una scena inaudita: il pubblico assiste allibito all'esecuzione per oltre tre ore e mezzo e non abbandona la sala, ma solo per poter fischiare e urlare improperi al calare del sipario.

Le critiche il giorno dopo sono impietose.

> Il pubblico era stremato, soverchiato da un'orchestrazione stridente, traboccante di effetti e dissonanze, e soprattutto da un gioco di recitativi che conduce al torpore piú prolungato, in maniera assai pericolosa per la salute degli ascoltatori.

L'opera è un fiasco totale. Alla terza replica sono costretti a smontarla. Wagner è furioso, odia Parigi, la definisce «città corrotta e viziosa». Aveva dannatamente bisogno di un trionfo all'*Opéra*, considerato all'epoca un lasciapassare indispensabile per la carriera, ma la sua musica assoluta non ha fatto breccia. Fra l'altro ha speso gli ultimi averi per prendere in affitto una casa lussuosa all'Arco di Trionfo, e dopo averla arredata con preziosi velluti e damaschi è costretto a fuggire inseguito dai creditori. Una costante della vita di questo genio musicale che non trova mai pace.

> Fossi lontano da codesta Parigi che non m'ha arrecato che sventure! Dovrò andarmene per forza, alla metà del mese. Ma dove? Come? Voto la mia vita alle peregrinazioni e ho sempre l'impressione di essere giunto alla fine.

Wagner non ha ancora cinquant'anni e sente il mondo crollargli addosso, finché un giorno qualcuno bussa alla sua porta: è un funzionario governativo. Tragedia! Il maestro si nasconde nello studio e si fa negare; è sicuro che lo sconosciuto sia stato incaricato di scortarlo in prigione per debiti, e invece l'uomo, severo e dal portamento fiero, gli consegna una missiva sulla quale sono riprodotti due fiabeschi leoni dorati. È una lettera appassionata che cambierà la vita del musicista.

> Signore,
> […] siate certo che farò di tutto per compensare le vostre passate sofferenze. Allontanerò dalla vostra testa le mediocri preoccupazioni della vita di ogni giorno. Vi garantirò la pace a cui aspirate, al fine che voi possiate dispiegare le ali possenti del vostro genio nell'aere puro della vostra arte inebriante.
> Vostro amico,
> Ludwig, re di Baviera

Un sogno per qualunque artista squattrinato.

Il giovane re Ludwig, figlio di Massimiliano II di Baviera e Maria di Prussia, sale al trono a soli diciott'anni ma non è interessato alle parate militari e agli intrighi politici del regno. Sin da piccolo non gioca alla guerra, piuttosto preferisce progettare castelli da favola e sopra ogni cosa ascoltare le armonie celestiali del suo compositore preferito. Si narra che, dopo aver assistito appena adolescente a una rappresentazione del *Tannhäuser*, fosse caduto in trance e da quel giorno volesse soltanto mettere in scena nel giardino reale le opere di questo insolito musicista.

Quando finalmente diventa re, Ludwig decide di esercitare tutto il suo potere per permettere al genio che ammira cosí tanto di comporre senza ostacoli la sua musica rivoluzionaria. Wagner, sopraffatto da tale generosità, ricambia con eterna gratitudine questa amicizia che per incanto gli trasforma la vita.

Ecco come il musicista descrive il primo incontro con il sovrano in una lettera all'amica Eliza Wille:

> Egli mi ama con il calore e la luce del primo amore; egli conosce e sa tutto di me e mi capisce come la mia anima. Vuole che io stia per sempre con lui, quando lavoro, quando riposo, quando eseguo le mie opere; vuole darmi tutto quello di cui ho bisogno.

Ludwig da quel momento non solo sponsorizzerà ogni progetto artistico del musicista compresa la costruzione del teatro di Bayreuth, ma lo ospiterà con magnificenza nelle varie residenze ufficiali, dandogli la possibilità di lavorare senza piú affanni alle sue numerose opere. Gli alti dignitari del governo cominciano a preoccuparsi per l'enorme flusso di denaro in uscita dalle casse dello Stato: un'ingente quantità di soldi necessaria a sovvenzionare ciò che considerano i capricci di un re che sta perdendo il senno. Ludwig non se ne cura, e per tutta risposta appende in salotto il ritratto di Wagner accanto ai quadri dei suoi illustri antenati.

Possiamo dire che in realtà Ludwig era perdutamente innamorato del suo compositore preferito? Sí, possiamo dirlo. Ma al contrario di molte altre passioni segrete che popolavano la turbolenta vita del sovrano e nonostante i numerosi pettegolezzi di corte, l'infatuazione di Ludwig per Wagner fu di fatto solo artistica e platonica. Questo sentimento romantico raggiunse l'apice nella creazione del Castello di Linderhof, da non confondere con quello di Neuschwanstein, altra fortezza da favola non a caso presa da Walt Disney come modello per la reggia della Bella addormentata nel bosco. Linderhof è uno dei tanti manieri che Ludwig ha progettato di persona e realizzato contraendo debiti con mezza Europa, dopo aver dato fondo al patrimonio personale.

In ogni residenza reale vi sono tracce dell'ammirazione per il musicista: quadri, arredi, affreschi sono continue citazioni delle opere wagneriane, ma è proprio il *Tannhäuser* a toccargli la corda piú fragile del cuore. Anche Ludwig, come il cavaliere catturato dal fascino di Venere, è combattuto fra l'attrazione verso un piacere carnale e una vocazione religiosa che lo spinge a redimersi e fuggire dalla grotta peccaminosa. Per sublimare la sofferenza con un transfert estetico, Ludwig decide di trasformare il suo eterno dilemma nel giardino incantato di Linderhof. Qualcuno potrebbe dire che sarebbe stata piú utile qualche seduta con un bravo psicologo, ma Freud non esercitava ancora a Vienna e Ludwig preferisce affidare l'inconscio a un Paradiso segreto.

Il nome Linderhof deriva dal gigantesco tiglio che da secoli vive nel parco. Quando il re inizia a ristrutturare quello che era poco piú di un padiglione da caccia, non ha in mente di farne una residenza di rappresentanza, piuttosto un rifugio, un luogo privato in cui fuggire dalle incombenze ufficiali per godere della solitudine che a corte gli è preclusa. Ma la semplicità bucolica non rientra certo nei gusti del sovrano. Il sentimentale Re Luna, come viene chiamato in contrapposizione al Re Sole francese, progetta nei minimi particolari il palazzo e il giardino scegliendo un fantasmagorico stile rococò che prevede aiuole sontuose, fontane, statue e un'arzigogolata costruzione moresca che accoglie un suggestivo trono dei pavoni, dove il re ama sorseggiare il tè leggendo indisturbato. Per soddisfare il suo gusto dell'esotismo, ha sparso scenograficamente nel parco vari padiglioni orientali e una casa marocchina, ma la perla piú incredibile di questo luogo spettacolare si nasconde ancora oggi in fondo al giardino. Proprio come nella vera Grotta di Venere, per accedere all'Eden di Ludwig bisogna percorrere un passaggio segreto. Il re non bada a spese, e per realizzare il progetto chiama a corte scienziati e architetti tra i piú acclamati del momento.

Il risultato è stupefacente. Grazie a un'incredibile opera ingegneristica che sfrutta carrucole e montacarichi, alcune rocce posticce mimetizzate nel paesaggio si aprono per magia nella migliore tradizione dell'«Apriti, sesamo» delle favole, e svelano un'entrata che conduce all'interno di un'enorme grotta. La caverna, alta piú di dieci metri, è sorretta da piloni d'acciaio ricoperti di finte stalattiti e vegetazione lussureggiante, alle pareti giganteschi quadri rappresentano le scene salienti del *Tannhäuser*, il pavimento è occupato da un grande lago che, grazie a un impianto elettrico subacqueo, viene illuminato con i riflessi di cinque colori. Il blu è il piú usato per richiamare il fascino della grotta azzurra di Capri. E come il pittore Yves Klein, che un secolo dopo cercherà la sfumatura ideale di blu, cosí Ludwig insegue ossessivamente la giusta gradazione di azzurro.

Rincorrere una particolare *nuance* come se si cercasse il Santo Graal non mi meraviglia affatto, visto che nel mio piccolo sono ancora alla caccia dell'inarrivabile azzurro per ricreare le ortensie di nonna Enrica. Il campo di battaglia dei blu è vasto e affascinante, senza dubbio piú interessante delle cinquanta sfumature di grigio, e spazia dal blu fiordaliso al blu bondi, che prende il nome dal colore del mare di Sydney, in Australia, ma solo come appare stando sdraiati sul bagnasciuga di Bondi Beach, di sicuro poco adatto per la *Venusgrotte* della Baviera. E infatti, Ludwig sceglie fra tutti l'azzurro della grotta di Capri e per non sbagliare non si accontenta di un semplice pantone, ma spedisce piú volte gli architetti in Italia allo scopo di studiare sul posto le suggestive tonalità originali.

La fiera degli effetti speciali del parco giochi regale comprende una macchina per proiettare l'arcobaleno, e un altro marchingegno capace di creare onde artificiali che a comando increspano l'acqua popolata di candidi cigni: unici esseri viventi in questo mondo di cartapesta.

Il risultato è una romanticissima follia e al tempo stesso un moderno capolavoro di meccanica. Ma è l'illuminazione il fiore all'occhiello dell'intera scenografia, un armamentario composto da lampade ad arco di carbonio alimentate dalla corrente elettrica di ventiquattro dinamo, messe in moto da altrettante macchine a vapore. Un sistema all'avanguardia che Ludwig ha scoperto quando è stato in visita all'Esposizione universale di Parigi e che ha fatto subito installare nella sua grotta incantata, fra la meraviglia generale dei tecnici che, senza rendersene conto, hanno partecipato alla nascita della prima centrale elettrica del mondo.

Per non soffrire le rigide temperature invernali, sette enormi forni a legna vengono caricati in continuazione dalla servitú, fino al raggiungimento del clima adatto a godere di quell'incredibile *mise-en-scène*. Con la *Venusgrotte* del re di Baviera, i miti wagneriani prendono vita e diventano reali sin nei minimi particolari, ma il vero colpo di teatro che lascia tutti a bocca aperta è lo spettacolare arrivo del re all'interno della grotta, accompagnato dalla sua musica preferita eseguita da un'orchestra nascosta tra le rocce. Per la gioia degli ospiti, Ludwig – che è un omone alto piú di un metro e novanta – entra in scena vestito come il principe Lohengrin (protagonista dell'altra opera di Wagner di cui è follemente innamorato), in piedi su una barca dorata a forma di conchiglia, decorata con un cupido pronto a scoccare il dardo amoroso. Uno spettacolo che i pochi testimoni ricordano come un'esperienza ai confini della realtà.

Cosa ne pensasse Wagner di questo monumento eretto per omaggiare la sua opera non è pervenuto. Forse Linderhof è l'unico castello che non ha avuto la possibilità di visitare, ma visto che grazie all'amato re era stato sollevato da ogni problema economico, non credo che avesse molto da ridire. O almeno, non ci sono dichiarazioni pubbliche al riguardo.

Quel che sappiamo è che il musicista, senza piú preoccupazioni materiali, riesce finalmente a comporre la sua musica in libertà, non prima però di aver risolto alcune intricate faccende amorose che lo affliggono da tempo. Ovvero, decidersi tra una moglie che non ama piú, una ragazza avvenente che pensa di amare e Cosima Liszt, figlia dell'amico musicista Franz Liszt, una donna sposata da cui ha già avuto una figlia. Una vita sentimentale piuttosto movimentata per un uomo cosí dedito allo studio: mi sorprende sempre constatare quante energie dedicassero alle faccende cosiddette frivole questi uomini superiori.

Sarà Cosima a vincere la partita, una figura che non è passata certo alla storia per gli slanci umanitari: al pari del marito Richard Wagner, infatti, si rivela una fervente antisemita, e questa atroce avversione nei confronti degli ebrei evolverà in convinzione politica dopo l'ascesa al potere del nazismo, ideologia dissennata che non smetterà mai di sostenere. Cosima resterà accanto a Wagner sino alla morte, forse la fortuna piú grande per il genio della musica, che grazie al carattere determinato e manageriale della nuova moglie sarà in grado di coronare le sue ambizioni artistiche.

Non si può dire lo stesso di Ludwig, che dopo aver rimandato piú volte un matrimonio combinato con la sorella della principessa Sissi, decide di vivere la propria omosessualità in totale solitudine, come una colpa segreta, e neanche il conforto della grotta paradisiaca riuscirà a regalargli la pace. Dopo essere stato deposto, arrestato e rinchiuso nel Castello di Berg, in una tiepida sera di giugno del 1886 Ludwig viene trovato morto nelle acque del lago di Starnberg.

Quella fine rimase avvolta nel mistero, proprio come la sua vita. L'imperatrice Elisabetta, l'amata cugina Sissi che lo aveva sempre sostenuto con affetto, dichiarò con il cuore a pezzi:

> Il re non era matto; era solo un eccentrico che viveva in un mondo di sogni. Avrebbero potuto trattarlo piú gentilmente, e risparmiargli con ciò una fine cosí terribile.

Se gli alti dignitari che l'avevano imprigionato e fatto abdicare con l'accusa di pazzia avessero saputo che quei castelli cosí criticati, giudicati con sprezzo come il simbolo dell'infermità mentale del re di Baviera, sarebbero diventati la piú apprezzata ricchezza turistica della regione, forse non avrebbero esercitato una tale crudeltà nei confronti del loro sovrano: un visionario romantico, un sognatore imprigionato in un ruolo ufficiale che gli andava stretto e da cui riusciva a evadere solo attraverso le passioni artistiche. Prima fra tutte, la melodia infinita di Richard Wagner.

11.

Quando papà e le zie hanno venduto la casa di campagna, io avevo già trovato un altro Paradiso. Un Eden ribelle che non rispettava nessuna delle regole estetiche descritte dalla vasta letteratura su giardini e luoghi ameni. Per arrivarci era necessario percorrere sette chilometri di una strada sterrata e piena di buche che scoraggiava i piú impavidi mezzi cittadini. I veicoli che con sprezzo del pericolo affrontavano comunque quel tragitto polveroso, di solito restavano in panne con la coppa dell'olio sfondata. Meglio un pulmino scassato con buone sospensioni come quello che possedeva il mio amore, proprietario di qualche ettaro su una collina sprofondata nel nulla al centro dell'Umbria.

Lasciare la città per andare a vivere in mezzo alla natura selvaggia era, dopo il viaggio in India, uno dei sogni accarezzati dalla mia generazione: non potevo certo lasciarmelo sfuggire. L'ideale era scovare un luogo il piú lontano possibile da ogni forma di civiltà conosciuta. Il Gran Burrone in questo senso non aveva rivali e avrebbe riempito di meraviglia anche David Thoreau, di cui conoscevamo a memoria la vita nei boschi.

Dopo l'impervio viaggio per raggiungerlo appariva il casale, una vecchia fattoria in pietra che necessitava di parecchie riparazioni; ma era quella la sua maggiore attrattiva, perché improvvisarsi muratori, carpentieri e contadini era parte del grande gioco e all'epoca ogni sfida metteva allegria, nonostante il rigido clima invernale e una fitta nebbia che si alzava come un muro impenetrabile dalla mattina presto e spesso non si arrendeva fino al tramonto. Ho capito soltanto allora perché l'Umbria è stata la patria di tanti mistici ispirati: in certi casi la fede è l'unica strada per sopravvivere. Ma noi eravamo giovani, incoscienti e innamorati, e poi non stavamo mai soli: una fitta schiera di amici era sempre lí ad aiutarci e soprattutto a fare festa per ogni motivo, un carrozzone che si era trasformato nella mia nuova famiglia mentre quella originaria perdeva i contorni dissolvendosi nella foschia nel paesaggio.

Al Gran Burrone non era arrivata l'elettricità né l'acqua corrente, però con una buona provvista di candele e un ingegnoso sistema di vasi comunicanti collegato a un vicino laghetto ce la cavavamo abbastanza bene. Meglio d'estate comunque, e meglio quando non ero ancora incinta. Non potrò mai dimenticare la prima e forse l'ultima volta che mia madre è venuta a trovarmi: era cosí sbalordita che non riusciva a dire una parola. Camminava spaesata sprofondando nel fango con i suoi mocassini dalla fibbia dorata, e io le mostravo con orgoglio il campo che stavo a fatica trasformando nel mio nuovo giardino, in effetti un progetto appena abbozzato ma che nei miei sogni faceva impallidire ogni ricordo della nostra vecchia casa di campagna. Purtroppo, i tentativi di far attecchire le famose ortensie blu della nonna si erano presto arenati per colpa di una terra argillosa e compatta che, ironia della sorte, non tratteneva una stilla dell'umido che circondava la valle come una cappa. In compenso ho avuto un successo immediato con le rose, piante caparbie e resistenti che continuano dopo anni a essere il mio asso nella manica.

– Se volete, potete venire a prendervi qualcosa per ricordo.

Con questa semplice frase, mio padre ci aveva comunicato la vendita del Paradiso dell'infanzia. Io non ci sono andata, ero ormai di otto mesi e non ho mai amato gli addii, mentre mio marito era partito con il suo amico del cuore, indispensabile presenza nel nostro nuovo presepe. L'idea di prendere come ricordo un trattore, due botti e un torchio in legno per pigiare l'uva mi era parsa normalissima; se ci penso adesso mi sembra un'assurdità un po' surreale, visto che non avevamo una vigna e coltivavamo tabacco. Nelle botti avevo piantato rose, il torchio era rimasto come un'installazione artistica in mezzo al piazzale d'entrata, ma il trattore era stato la mia salvezza. Posteggiato nel capannone, si metteva in moto solo per caricare una batteria che poi, con la devozione riservata a un oggetto sacro, veniva portata nella camera della piccolina e dava vita a un mini-impianto elettrico in grado di far accendere una lampadina da dodici volt. Finalmente potevo allattare illuminata da quella fonte di luce miracolosa, e a ogni poppata ripensavo con dolcezza al vecchio Paradiso che mi aveva regalato l'elettricità. Ma per nulla al mondo avrei sostituito la casa della prateria piena di spifferi con il mio passato remoto.

Con il tempo e molta testardaggine ce l'ho fatta a far crescere cespugli, piante fiorite e addirittura un salice piangente, un vero intruso che donava però all'ambiente un insolito tocco romantico. Non era certo l'oasi lussureggiante creata da Susana Walton nell'isola di Ischia, però aveva un suo carattere e, ispirata proprio dallo stile di questa giardiniera sfegatata, con delle pennellate irriverenti e astratte ero riuscita a vincere l'indifferenza mistica di quel paesaggio troppo poetico per i miei gusti.

Chissà come sarà ora? Dopo che siamo di nuovo andati a vivere in città e le nostre strade si sono separate, non sono piú ripassata a controllare. Non torno mai sui luoghi del delitto, comunque la natura segue il suo corso e sono certa che altri amanti del verde avranno lasciato la loro impronta. Con il grande vantaggio che, con l'arrivo dell'acqua corrente, non sarà stato un problema annaffiare in abbondanza le ultime, audaci fantasie vegetali.

In ogni luogo in cui ho vissuto ho sempre provato a circondarmi di piante: anche nel minuscolo e buio appartamento al centro di Roma che abitavo da ragazza, grazie a un sistema di carrucole traballanti appese alla finestra, ero riuscita a far prosperare dei filamenti pallidi di vite americana che non morivano solo per non deludermi. Ma la mia scommessa piú difficile è stata senza dubbio il terreno argilloso e caparbio del Gran Burrone.

Un giardino è di fatto l'espressione di un grande amore, e come mi ha insegnato la leggendaria signora Walton, ci vuole una passione travolgente per trasformare una valle di pietre in un Eden verdeggiante. E lei in questo campo è stata una maestra senza eguali. Quello che a un primo sguardo di noi comuni mortali poteva sembrare un luogo desolato, ai suoi occhi visionari è apparso subito come il Paradiso che da tempo aspettava. Per compiere l'impresa, però, è indispensabile possedere anche molta dedizione, fantasia, e magari una musica giusta per accompagnare il sogno.

Sir William Walton è già una celebrità nazionale in Inghilterra quando gli viene commissionata la composizione della *Coronation March*, la musica trionfale che nel 1953 deve accompagnare l'incoronazione della regina Elisabetta II. Un onore immenso che si aggiunge alla folta lista di riconoscimenti ottenuti per i suoi numerosi lavori, che spaziano dai concerti classici alle colonne sonore per i film shakespeariani dell'amico Laurence Olivier che gli hanno fatto conquistare due candidature al premio Oscar.

Servire la corona per un inglese è un autentico privilegio, e sir Walton si mette subito al lavoro inseguendo le note piú suggestive del suo repertorio. Ma, arrivato il gran giorno, mentre osserva la regina incedere con passo marziale sotto il peso della corona, la sua mente è altrove, molto lontano dal grigio cielo londinese e dalla musica che ha composto. La moltitudine di fiori ricamati sull'abito in raso bianco di Elisabetta di certo non gli ricorda le piante simbolo del Commonwealth, scelte con cura – a una a una – dal protocollo di corte per adornare l'abito regale. Piú che la vastità dell'impero britannico, quei fiori splendenti gli rammentano la miriade di esemplari botanici che non vede l'ora di piantare nella terra brulla appena acquistata nell'assolata isola di Ischia. Susana, la sua vera regina, è lí che lo aspetta, e prima ancora che Elisabetta salga sul trono, Walton è in viaggio per tornare in Italia.

Susana Valeria Rosa Maria Gil Passo è una ragazza esuberante e carica di personalità, in piú è illuminata dalla bellezza radiosa della terra d'origine: l'Argentina. Ha soltanto ventidue anni, ma i genitori hanno già capito che sarà difficile farle seguire l'unica strada concessa alle ragazze di buona famiglia, il classico percorso obbligato dalla tradizione che prevede l'attesa in naftalina fino al matrimonio con un pretendente dello stesso rango. Susana scalpita, è intelligente, colta e non sente ragioni. Ha deciso che vuole lavorare per essere indipendente, e quando riesce a farsi assumere dal consolato britannico di Buenos Aires è troppo tardi per fermarla. Ancora non lo sa, ma il destino le sta preparando una sorpresa.

Il caso vuole che nel 1949 sir Walton giunga a Buenos Aires per una settimana di conferenze proprio al consolato britannico. È un uomo affascinante con la tipica aria scanzonata da gentleman inglese, ha appena compiuto quarantasei anni e ha alle spalle una serie di burrascose storie sentimentali. Appena vede Susana, però, capisce che è lei la donna della sua vita. Sono percezioni quasi extrasensoriali che capitano di rado ma se si presentano bisogna saperle cogliere al volo, e William, con incredibile faccia tosta, chiede alla giovane argentina di sposarlo prima ancora di presentarsi.

«Ero disorientata. Come si permetteva questo inglese eccentrico di chiedermi in sposa senza nemmeno conoscermi?»

Ma piú Susana, ridendo, rifiuta le sue proposte, piú William la incalza con garbata insistenza. Non vede anche lei che sono due anime gemelle, fatte l'una per l'altra? Giorno dopo giorno, quel gioco che all'inizio sembrava un'assurdità si trasforma in una faccenda sempre piú seria, e alla vigilia della partenza, Susana, assalita dalla paura di perderlo per sempre, gli sussurra con un filo di voce: «Per favore, chiedimi ancora una volta di sposarti, dài, provaci».

William capisce che finalmente è arrivato il momento della verità.

«All'improvviso eravamo l'una fra le braccia dell'altro. Era il nostro primo bacio... Il primo di una lunga serie durata trentacinque anni».

Cosí come una lucertola è il riassunto di un coccodrillo e il tango è il riassunto di una vita, William e Susana sono il riassunto dell'amore. Nella meraviglia generale e nello sconcerto dei genitori di Susana, l'inedita coppia saluta tutti e prende felice il largo verso una nuova esistenza insieme. Un finale sorprendente su cui neppure gli amici piú cari avrebbero scommesso.

Prima che la nave partita verso l'Inghilterra arrivi in porto, il marito confessa a una Susana sbalordita che il suo piú grande desiderio è di fuggire dalle luci abbaglianti di Londra e andare a vivere nel Golfo di Napoli, in un luogo dove poter comporre musica e creare un Paradiso soltanto per loro.

Quella che può apparire una follia o il momentaneo capriccio di un artista in cerca d'ispirazione, invece di spaventarla riempie Susana di entusiasmo, e i due decidono d'amore e d'accordo di stabilirsi a Ischia. Sembra la trama di una favola, ma quando in pieno inverno giungono a destinazione sotto una pioggia battente, non trovano ad accoglierli l'Eden idilliaco che avevano immaginato.

All'inizio degli anni Cinquanta, l'isola non è ancora la rinomata località invasa da attrazioni turistiche che oggi conosciamo, bensí un luogo aspro e selvaggio con ben poche comodità. Al loro arrivo le coste sono spazzate dai venti e il mare ruggisce tra le insenature come una bestia feroce, ed è proprio questa atmosfera libera e primitiva a conquistare la coppia, che comincia a cercare il terreno dove edificare una casa e soprattutto dar vita a un giardino che sia l'espressione piú viva del loro amore. Dopo una lunga ricerca, la scelta cade su una valle di terra scura vicino a Forio: a prima vista non ha niente di affascinante, «è solo una cava di pietre», afferma sconsolato il loro amico Laurence Olivier sconsigliando l'acquisto. Ma Susana e William sono incantati dalla posizione e, cosa piú importante, possiedono una forte immaginazione, requisito indispensabile per giardinieri e sognatori. Cosí, senza pensarci piú di tanto, si buttano a capofitto in un'impresa che gli amici giudicano una pazzia.

«Il posto per me già assomigliava a un gigantesco vaso di fiori scolpito in un torrente di lava», ricorda Susana, e in effetti si tratta di una conca di dura trachite che avrebbe scoraggiato chiunque. Ma il progetto è già definito: sulla collina avrebbero costruito la villa, e ai suoi piedi, in un dolce digradare di terrazze, un parco incantevole.

L'architetto paesaggista Russell Page, amico intimo della coppia, dispensa preziosi consigli per la realizzazione di questo capolavoro, preannunciando con severo realismo che ci sarebbero voluti almeno dieci anni di duro lavoro per vedere qualche risultato, perché, come amava ripetere a Susana e William, «un giardino può solo esistere in quanto è espressione di fede, l'incarnazione della speranza e un canto di lode». E aggiungerei, piú prosaicamente, che sono anche necessarie discrete dosi di testardaggine e pazienza, qualità che comunque non sono mai mancate alla coppia, insieme all'indiscutibile pollice verde di Susana. E cosí, con entusiasmo e leggerezza, l'argentina trasforma nella propria ragione di vita quella che è considerata da tutti una missione impossibile.

C'è chi dice che il paesaggio naturale sia sopravvalutato e a lungo andare induca alla noia, o peggio, spazientisca fino ai nervi anche gli spiriti piú contemplativi, proprio come succede ai bambini in gita costretti a guardare per ore il panorama dal finestrino dell'auto.

– Hai visto che belle le montagne, a mamma?

– Sí, belle, ma vista una, viste tutte!

Gli oppositori dell'orizzonte incontaminato credono invece nella religione del giardino che, al pari di un gesto artistico, ha il potere di interrompere la monotonia della natura troppo vasta e prevedibile. Un partito agguerrito armato di pale, semi e cesoie che combatte senza esclusione di colpi i partigiani della libera espressione delle piante come Friedensreich Hundertwasser, il proprietario dell'Eden della Giudecca, schierato quasi militarmente contro ogni manipolazione dell'ambiente.

Ormai questa diatriba rischia di sembrare inutile, visto che l'Homo sapiens, come afferma il paesaggista Gilles Clément, «ha esplorato quasi tutta la superficie della Terra» – e potremmo sostituire la parola «esplorato» con «devastato» – e «il territorio del giardiniere si è ingrandito a tal punto da diventare l'intero pianeta».

Eppure ci sono luoghi dove l'opera dell'uomo si è fusa in armonia con la natura creando nuovi scenari che ancora stimolano il nostro desiderio di un mondo migliore. E i Giardini della Mortella di Ischia sono senza dubbio inclusi in questa magica lista.

Chi li visita oggi vede un sogno realizzato e vive un'esperienza paradisiaca, camminando tra piante rare ed esotiche che negli anni la coppia giardiniera ha coltivato con un impegno e un entusiasmo fuori del comune, trasformando una valle rocciosa in uno dei giardini piú belli d'Italia incastonato in un panorama mozzafiato.

Ogni volta che William torna da una tournée in giro per il mondo, la sua valigia non è carica soltanto di spartiti musicali ma trabocca di semi e piante di ogni specie che vanno ad arricchire la loro collezione, come la favolosa ninfea Victoria amazonica: una vera gigantessa della sua specie. Piú che una pianta, un fenomeno in grado di sfoderare foglie di quasi tre metri di diametro, meravigliosi piatti verdi che galleggiano sull'acqua come isole vegetali capaci di reggere un bambino senza farlo bagnare. Per non parlare dei fiori, che sembrano sculture esotiche uscite da un quadro di Georgia O'Keeffe. I boccioli si aprono per magia al tramonto, sfoggiando petali candidi come la neve; e dopo aver attratto e imprigionato durante la notte gli insetti, al mattino cambiano prodigiosamente sesso e colore, per evitare l'autoimpollinazione. Una strategia geniale e poetica che solo la saggezza delle piante può mettere in campo. A volte basterebbe un manuale di botanica per confutare le odiose teorie contro la cultura Lgbt, quelle sí poco naturali.

Sir Walton ha continuato a comporre musica circondato dalla natura di questo Paradiso terrestre fino alla morte, avvenuta nel 1983. Le sue ceneri sono state deposte in una roccia nel punto piú alto della collina, baciato dall'alba al tramonto dal sole dell'isola che aveva tanto amato. Susana, dando seguito alle sue volontà, ha aperto il giardino al pubblico perché tutti potessero godere del frutto del loro amore, e grazie a una fondazione intestata al marito ha trasformato La Mortella in un luogo a disposizione dei giovani compositori di tutto il mondo, che vivono e studiano in quell'incanto creando nuova musica.

> È proprio il contrasto tra le rocce e le piante a nutrire l'ispirazione [...] Le rocce sono elementi stabili mentre la crescita delle piante varia, e questo concetto di stabilità dà al giardino l'attributo di essere sempiterno, come lo può essere una commedia di Shakespeare o una sonata di Beethoven.

Cosí dichiarava convinta Susana. Ma anche questa donna cosí speciale che sembrava eterna come le rocce che aveva domato oggi ci ha lasciato, però il giardino che ha costruito e curato al pari di un figlio insieme al marito continua a splendere simile a un gioiello nel cuore dell'isola.

Ho avuto la fortuna di incontrare Susana Walton in una delle tante mostre di fiori che frequentava. La ricordo allegra e disponibile, illuminata da due vivaci occhi color smeraldo, sempre vestita con dei meravigliosi abiti eccentrici e variopinti che la facevano sembrare una delle sue piante fiorite.

Ma il tocco geniale erano i cappelli, memorabili. Piú che copricapi, cornucopie ricche di piume, boccioli e farfalle. A forza di creare spettacolari angoli di verde, si era trasformata in una vibrante aiuola vivente che si aggirava entusiasta tra i banchi delle fiere botaniche, venerata dai vivaisti come una regina. Chiacchierava con entusiasmo di fiori, musica e poesia, e al contrario di certi supponenti paesaggisti alla moda, condivideva con generosità i suoi segreti giardinieri, suggerimenti validi anche per la vita perché – mi diceva – per gli uomini e per le piante la cura dell'amore è l'unica medicina che non deve mai mancare. A un certo punto, stregata dalla sua personalità, le ho confessato che mia madre parlava con i gerani: niente di patologico, le ho spiegato, solo innocenti incoraggiamenti verbali per stimolare qualche fioritura in piú. E, a onor del vero, non avevo mai sentito una pianta risponderle. Scuotendo il nido di rondini che le troneggiava sulla testa, Susana mi ha rivelato che oltre alle parole anche la musica è molto corroborante, specie per le piante in serra. Non mi sono mai sentita cosí a casa in vita mia.

Le ceneri di Susana sono conservate, come quelle di William, nel giardino che avevano creato. Mentre lui è al sole, lei è all'ombra, in una grotta ricca di vegetazione, e la sua incredibile vis vitale è ricordata da una scritta: «Questo angolo verde è dedicato a Susana che ha amato teneramente, ha lavorato con passione ed ha creduto nell'immortalità».

A vegliare il loro sonno, quattromila varietà di piante provenienti da tutto il mondo perfettamente acclimatate, in un'armonia che continua a stupirci con spettacolari fioriture a ogni primavera. Solo chi possiede un carattere pieno di grazia – qualità in via di estinzione – può ambire a certe imprese. E a chi le domandava come avesse fatto a costruire dal nulla un Paradiso in Terra, Susana rispondeva serafica: «È stato un gran divertimento e non è stato difficile».

Forse la migliore esemplificazione del pensiero *sharawadgi*, termine stravagante usato dai teorici del giardino nell'Inghilterra del Settecento, pare originato per assonanza dal cinese *sa luo wei qi*, che si può tradurre con «grazia disordinata impiegata per un effetto impressionante e sorprendente». Un suggerimento che ci invita ad abbandonare ogni rigidità estetica o canone stereotipato in favore di libere asimmetrie e allegre irregolarità. Chi di noi non si sente un po' *sharawadgi*, specie la mattina appena sveglio? Inutile dire che, grazie a Susana, ho abbracciato questo nuovo credo con entusiasmo e l'ho adottato come una filosofia di vita che è andata ben oltre ogni pratica di giardinaggio.

Mi hanno mandato via?
E io me lo rifaccio.
E visto che ci sono lo miglioro.

PATRIZIA CAVALLI, *L'Eden*, 2006.

12.

Proprio mentre mi accingevo a scrivere questo libro, ho dovuto affrontare il trasloco del mio Paradiso. Una folta schiera di piante di ogni genere e misura che mi aveva accompagnato nei vari spostamenti della vita, era di nuovo su un camion, stavolta pronta ad affrontare centinaia di chilometri pur di seguirmi in un'altra casa.

Un trasloco è un piccolo funerale, però piú allegro. Dove stavo portando quelle piante? Forse a morire in una terra lontana non adatta alle loro esigenze, che le avrebbe fatte marcire nell'umidità invernale e seccare nell'arsura estiva. Sarebbe stato piú saggio lasciarle sul terrazzo dove avevano prosperato, resistendo per anni agli attacchi funesti dei gabbiani romani. Ma come si fa a separarsi da qualcuno che ha imparato ad amarti cosí come sei, raccogliendo le tue confidenze piú segrete per ore e ore? E sempre ascoltando in silenzio, senza un commento fuori luogo. Impagabili, le piante.

La relazione che ci lega alla *verdure*, come la chiamano i francesi, che non vuol dire «broccoletti» ma «natura», è profonda e appassionante al pari di una storia d'amore. Ci ispira e ci consola, e soprattutto ci insegna il sentimento della cura e quello della gentilezza, inclinazioni che qualcuno considera démodé; al contrario, oggi sono piú rivoluzionarie che mai. In fondo, l'idea che possiamo coltivare l'anima come fosse un giardino ci accompagna dalla nascita del mondo, e anche se siamo ormai degli esseri digitali, la natura, per fortuna, continua a chiamarci e sarebbe un vero peccato interrompere questo dialogo. Una colpa sicuramente piú grave di non aver resistito alla tentazione di addentare una mela.

Questo mi ripetevo nella testa mentre viaggiavo su una specie di Tir traballante carico delle mie piante piú pregiate che sussultavano a ogni frenata, e io, per quietare l'ansia, non facevo che fumare una sigaretta elettronica dopo l'altra. Mi sentivo in colpa per quel gesto assurdo e dispendioso, e lo sguardo perplesso dell'autista ingaggiato per la missione somigliava a quello di mia madre quando, scuotendo la testa, disapprovava qualche mia bravata. Anzi, al volante adesso c'era proprio mia madre. Assurdo, visto che lei, pur avendo la patente, aveva smesso di guidare subito dopo l'esame. Ogni volta che ci provava, mio padre la prendeva in giro perché era troppo prudente, e alle prime timide uscite, con la mamma incollata al volante concentrata sulla strada, lui seduto accanto rideva e la incitava ad andare piú veloce. Non contento, invadeva il posto di guida e con il piede premeva il pedale dell'acceleratore, schiacciando il mocassino – sempre con fibbia dorata – della mamma colpevole, secondo lui, di non imprimere abbastanza forza al comando. Alla fine lei aveva ceduto, conservando la licenza di guida nel portafoglio come un ricordo. Uno dei tanti abbandoni in osservanza della quiete familiare.

Eppure, adesso era lei alla guida del mio camion carico di piante.

– Che senso ha spendere tutti questi soldi per trasportare delle piante che di sicuro non sopravviveranno?

– Non è detto, mamma. E comunque, quelle che ce la faranno avranno vissuto nei giardini, nelle case e nelle terrazze che mi hanno accompagnato nella vita. Non è bellissimo?

– Contenta tu... Sei sempre stata una testa dura, come tuo padre. Non avevi tutto questo romanticismo quando hai venduto la vetrinetta cinese di casa che ti avevo regalato.

– Ma che c'entra? Era un mobile assurdo e inutile. E non era mai piaciuto neanche a te. E comunque dovevamo comprare un generatore. Almeno è stata utile.

– Certo, se non fossi andata a vivere in una casa senza luce né...

– Attenta! Guarda davanti, ché un camion non l'hai mai guidato.

In realtà, questa conversazione che avveniva tra me e me – già surreale, visto che mia madre ci aveva lasciato da tempo – era se possibile ancora piú inverosimile e vicina a un soliloquio, perché, per quanto mi sforzassi, non riuscivo a evocare la voce di mia madre. Apparivano le sue frasi tipiche sul parabrezza polveroso davanti a me, ma non ero capace di riprodurre a mente il suono e l'intonazione della sua voce. Li avevo dimenticati.

Appena mia madre è morta, ho smarrito la sua voce.

Ci ho pensato spesso. Ho cercato di rinvenire il timbro, l'intensità, il volume, ma niente, non sono in grado di far riaffiorare nessun dettaglio utile a ricostruire anche la piú piccola esclamazione. Non che parlasse molto da viva, ma da morta mia madre è muta nei miei ricordi.

E adesso mi dispiace tanto, darei qualsiasi cosa per ricreare con il giusto sound anche il piú insopportabile dei rimproveri, ma è tutto svanito nel nulla. Una sensazione dolorosa che sarà risparmiata ai nativi digitali, che possiedono smartphone carichi di immagini e filmati per ricostruire il proprio passato. All'epoca non c'erano ancora i telefonini con i loro macabri vocali che riemergono come fantasmi quando una persona cara ci lascia per sempre. Faccio parte dell'ultima generazione con memoria fai-da-te, abbandonata in balia di sé stessa a rincorrere indizi perduti tra le sinapsi appannate. E per quel che riguarda mia madre, riportarla in vita almeno nel pensiero è un'impresa quasi impossibile dato il suo carattere evanescente, sempre arrendevole e remissivo, che si spauriva davanti a ogni sorpresa della vita e preferiva tacere piuttosto che prendere una posizione, specie se in disaccordo con il marito. O almeno cosí pensavo all'epoca, quando – sempre rabbiosa – ero immersa nei miei furori adolescenziali, scambiando puntualmente la sua dolcezza per passività. Ora che potrei apprezzarla, non ho piú tracce sonore che mi vengano in soccorso.

Eppure, come ho già confessato, mamma parlava con i suoi gerani. Un'abitudine innocente che la spingeva a intrattenersi la mattina appena sveglia con le sue piante preferite, su un piccolo balcone assolato che, dopo l'oblio del sonno e prima della confusione del giorno, rappresentava per lei una zona franca di serenità in cui finalmente il senso del dovere che la soffocava allentava la presa. Con la tazzina di caffè in mano, controllava i nuovi boccioli ed eliminava le foglie ingiallite, commentando con frasi d'incitamento ogni minimo progresso di quegli esemplari vegetali. Era un semplice atto d'amore per il suo Paradiso, che, seppur minuscolo, non avrebbe mai scambiato con un parco sontuoso. Ognuno sa dove rincorrere la propria felicità, e io la stavo andando a cercare in un nuovo giardino nella punta estrema d'Italia.

Adesso l'autista era tornato il simpatico coatto di Tor Pignattara che aveva accettato di accompagnarmi in questo viaggio della speranza e mi stava chiedendo se volevo fermarmi all'Autogrill per un caffè. Avevo previsto la sosta, per rinfrescare un po' le viaggiatrici in vaso che rischiavano il collasso sotto la cappa del telone, e ho subito accettato. Le ho annaffiate a una a una con il tubo del benzinaio, sotto lo sguardo incredulo del mio accompagnatore che, dopo avermi osservata con attenzione, avrà pensato che – viste le mie condizioni psicologiche – avrebbe potuto chiedermi molto di piú. Le piante boccheggiavano, erano assai provate ma per amore reggevano il colpo. L'ortensia, con le foglie abbassate per il caldo, avrebbe desiderato un trasloco in Normandia, terra ideale per il suo carattere acido, piuttosto che un'esistenza sconosciuta in un assolato giardino salentino... Si sa, le strade per raggiungere il Paradiso sono impervie e piene di imprevisti, come ci ha insegnato sant'Amaro.

Seguendo la linea dell'omertà che mi aveva suggerito la grande giardiniera Pia Pera, alla pianta di ortensia ancora non l'avevo detto. Lei non lo sapeva, io però avrei continuato ad azzurrarla con tutti gli espedienti possibili anche nella nuova dimora, nel tentativo di raggiungere la sfumatura che cercavo da anni. Perché rinunciare a una dolce ossessione? La vita avrebbe meno sapore senza questi tormenti autoinflitti: ci faranno anche star male, eppure ci regalano uno scopo che magari sembra folle e invece può diventare una grande avventura. Ognuno ha la sua balena bianca da inseguire, e la natura può offrire occasioni altrettanto burrascose di quelle del capitano Achab.

Proprio come è successo a Margaret Mee, che per l'intera esistenza è andata alla ricerca di un fiore bianco, ma non uno qualsiasi. Un fiore che pareva piovuto dalle costellazioni piú remote dell'universo, il selenicereus wittii, il meraviglioso fiore di luna. E ogni fallimento non ha fatto che intensificare il suo desiderio. D'altronde, credo che lei come me fosse della scuola di Robert Louis Stevenson, che dichiarava convinto: «Il nostro compito non è avere successo, ma continuare a fallire nelle migliori condizioni di spirito». Osservando questo mantra ottimista, la pittrice botanica inglese non si è mai data per vinta.

Molti a questo punto si chiederanno: come sarà questo fiore cosí speciale? Oggi basta andare su internet per scoprire decine di fotografie dello strabiliante esemplare, ma ai tempi di Margaret le specie rare andavano cercate affrontando spedizioni spericolate in terre lontane, e non sempre si era cosí fortunati da arrivare in tempo per assistere alla fioritura. Veder sbocciare il selenicereus wittii era una chimera quasi irraggiungibile che aveva ossessionato per anni Margaret Mee.

Forse nessuno adesso avrebbe questa pazienza: scalpitiamo appena una storia di Instagram non segue subito l'altra, e l'esemplificazione grafica del nostro sistema nervoso è la rondellina che gira in loop alla ricerca di campo nei dispositivi elettronici che utilizziamo compulsivamente. Siamo vittime di una mutazione antropologica, con lo sguardo perso in attesa di un segno che ristabilisca un contatto tra noi e la realtà virtuale. Esploratori sedentari di Google Earth, viviamo con la testa nel cloud che conserva per noi le cose piú preziose, e la connessione veloce è diventata il nostro unico Paradiso. Margaret, invece, aveva dovuto aguzzare la vista per scorgere un candido baluginio tra mille tonalità di verde in mezzo alla natura selvatica.

Questa rara meraviglia botanica prende vita nel ramo inferiore del Rio Negro, dove le acque scure si versano nel Rio delle Amazzoni, e affonda le radici nei tronchi degli alberi che spuntano come sentinelle nella várzea, la foresta allagata tipica della zona. Si trova bene soltanto lí, nella culla umida dell'origine del mondo, e in nessun'altra parte della Terra. Come un'inafferrabile falena notturna, si apre solo di notte, una volta all'anno, tra maggio e giugno, mostrando il suo delicato vortice di petali bianchi. Poi, quando sorge il sole, come i sogni, svanisce nel nulla.

La mia modernissima app sul telefonino mi dice che il fiore di luna è un'insolita varietà di cactus che si avviluppa agli alberi per crescere, utilizzata dalle civiltà mesoamericane per produrre una specie di antenata della moderna gomma. Ma fino alla metà del Novecento, senza tutte le informazioni di cui ora disponiamo, furono pochissimi i botanici ad avvistare il bocciolo del fiore di luna. La leggenda voleva che i suoi petali arrossissero durante la notte: nessuno, però, aveva mai avuto il privilegio di osservare il rarissimo e fugace fenomeno.

All'inizio degli anni Cinquanta, Margaret Mee, sedotta dall'aura mitologica del selenicereus wittii, aveva deciso di andarlo a cercare. Il viaggio lungo il Rio delle Amazzoni era pericoloso e le possibilità di trovarlo fiorito infinitesimali. Margaret non si era arresa, aveva raccolto i lunghi capelli biondi in una crocchia ed era partita, non una ma due, cinque, quindici volte in trent'anni; era un'idea fissa che non l'abbandonava nonostante le avversità, voleva essere la prima a ritrarre e rendere immortale il fiore che, per una notte all'anno, porta la Luna nella terra degli uomini.

Era sempre stata cosí, un'eccentrica signora inglese che prediligeva abiti variopinti e modi gentili, ma solo all'apparenza esibiva un carattere docile e remissivo. Anche se sfoggiava un innocuo chignon, possedeva l'anima di una leonessa.

Margaret nasce nel 1909 nella cittadina di Chesham, nel Buckinghamshire, una contea dell'Inghilterra sudorientale famosa per la produzione di spazzole e stivali in gomma che, a parte qualche castello e i soliti cottage con aiuole fiorite, non offre granché a una ragazza che sin da giovanissima coltiva una passione per l'arte e l'avventura.

Cosí, appena può, se ne va in Germania per studiare disegno, ma non arriva in un buon periodo. A Berlino, quando ha soli ventiquattro anni, Margaret è testimone dell'incendio del Reichstag, il Parlamento tedesco. È il 27 febbraio del 1933, Hitler incolpa del misfatto i comunisti, un comodo pretesto per scatenare la caccia agli avversari politici e dichiarare fuorilegge ogni opposizione. Margaret assiste giovanissima alle prime persecuzioni degli ebrei e all'ascesa politica del Führer, e questa dolorosa esperienza sarà la sua definitiva scuola di vita, facendole capire senza indugi da quale parte stare.

Dopo il Parlamento, vengono dati alle fiamme anche i libri che la propaganda ritiene pericolosi. In quell'anno, tra marzo e luglio, i nazisti mandano al rogo le opere dichiarate antitedesche, bruciano le pagine di Franz Kafka, Bertolt Brecht, Thomas Mann e le dolci rime del poeta ottocentesco Heinrich Heine, fino ad allora lo scrittore piú amato dal popolo tedesco. Cento anni prima, vittima di persecuzioni antisemite, Heine era stato costretto a fuggire in Francia, profetizzando: «Chi brucia i libri, presto o tardi arriverà a bruciare esseri umani». E con la letteratura e la poesia vanno in fumo le idee e la libertà di pensiero.

Spesso è il ministro della Propaganda, Joseph Goebbels, a comparire tra le dense nubi degli incendi strillando a squarciagola deliranti discorsi sulla superiorità della razza ariana. Margaret non crede ai suoi occhi, cerca di scappare, il respiro strozzato dal fumo e dal terrore, mentre la banda musicale continua a suonare *Volk ans Gewehr*, «Il popolo alle armi». Le nuove parole di odio mischiate alla cenere volteggiano nell'aria, oscurando il cielo con i loro funesti presagi.

Miss Mee è una giovane idealista, pacifista nell'animo, e non può sopportare le ingiustizie di un mondo ormai allo sbando. Quando torna in Gran Bretagna, si iscrive subito al Partito comunista e lavora nelle file dei sindacati. È attiva, zelante, e mette a frutto gli studi d'arte impiegandosi come disegnatrice in una fabbrica di aerei. Progetta carrelli e cabine pressurizzate, e nel tempo libero passeggia in campagna con blocco e colori sempre a portata di mano. La natura ricca di meraviglie segrete diventa la sua passione, i boschi e i fiori selvatici della brughiera la sua ispirazione.

Gli inglesi sono ossessionati dalle piante: è un po' come il cibo per noi italiani. La grande rivoluzione botanica del Settecento parte proprio dall'Inghilterra. Non a caso è stato un inglese, il vivaista Thomas Fairchild, a condurre nel 1716 il primo esperimento di ibridazione, incrociando due specie di garofani diversi e creandone uno del tutto nuovo a cui venne dato il nome di *Fairchild's Mule*, «il mulo di mister Fairchild»: un nome appropriato, visto che il mulo altro non è che un incrocio tra un asino e un cavallo. Comunque, nel caso del fiore, si trattava di una bellissima varietà di garofano bicolore; una svolta scientifica di grande valore che Linneo avrebbe apprezzato.

Poco dopo, a metà Settecento, sir Peter Collinson, mercante di tessuti e appassionato di verde, iniziò a importare esemplari esotici dall'America, diventando di fatto uno dei primi collezionisti di piante al mondo. Ogni anno partiva alla spasmodica ricerca del fiore piú bizzarro o dell'arbusto piú raro, per popolare i giardini delle esigenti lady dell'alta società che facevano a gara per accalappiare le novità e stupire gli invitati durante le feste della stagione mondana. *Bridgerton*, la serie televisiva di successo, ha fatto scuola e non bisogna aggiungere altro. Sir Collinson, sempre presente agli eventi piú esclusivi, era ossessionato dalle nuove conquiste vegetali, ma era anche un uomo che amava condividere le scoperte e fu felice di passare semi e consigli a un amico, il barone Robert James Petre, che trasformò il decadente parco della sua magione di Thorndon Hall, nell'Essex, in una selva composta da duecentomila specie lussureggianti e una serra alta nove metri colma di piante mai viste in Europa prima di allora: guava, papaya, ibiscus e una vegetazione tropicale che finalmente poteva crescere indisturbata sotto il grigio cielo britannico. Oggi, purtroppo, il Paradiso del barone è andato perduto, e del parco rimangono poche tracce fra un golf club e l'aperta campagna.

Alla fine del Settecento, quello inglese è il mercato piú importante d'Europa nel campo della floricoltura, e solo a Londra fiorivano gli affari di ben duecento vivai. Sono numeri da mania collettiva. Questa febbre botanica, nata dalla fissazione degli inglesi per la natura e le piante esotiche, contribuisce a cambiare per sempre la fisionomia dei giardini di tutta Europa.

Il grande orticoltore Graham Stuart Thomas diceva:

> *Garden* è una delle parole piú amate dagli inglesi. Evoca la bellezza e i profumi dei fiori in una giornata estiva, le fatiche spese nel crescerli, il piacere di averlo fatto e magari un riposino tra luci e ombre.

Margaret Mee, però, non è un fiore di serra. La bellezza dei giardini tirati a lucido e annaffiati dalle continue pioggerelle inglesi non le basta piú e, instancabile come sempre, alla fine della Seconda guerra mondiale compie due gesti temerari per una donna a quei tempi: divorzia dal marito sindacalista e convince il nuovo compagno, che si occupa di grafica, a mettere quel poco che hanno in una valigia per trasferirsi dalla brughiera inglese nel lontano Brasile. Una rivoluzione copernicana che conoscono bene gli indiavolati cercatori di Paradisi in Terra.

«Dicono che da qualche parte, forse in Brasile, esiste un uomo felice», asseriva Vladimir Majakovskij. Un uomo non so, ma una donna di sicuro sí, ed è Margaret Mee appena mette piede nel continente sconosciuto dove subito si sente a casa: è proprio la terra che cercava per la sua nuova vita. Dopo essersi stabilita a Rio de Janeiro, insegna arte alla scuola britannica, ma appena può lascia la città per perdersi nella mata atlantica, la foresta che una volta attraversava tutta la costa del Brasile. Poi, via via, piú impavida, si sposta nei territori piú inesplorati.

Margaret si innamora della natura selvaggia della foresta pluviale, e si cimenta in spedizioni a bordo di una barchetta accompagnata solo dalla sua fedele guida. Armata di fogli, pennelli e un set di acquerelli, dipinge con passione tutto ciò che incontra, convincendo la guida, che in breve diventa complice delle sue ossessioni, a spingersi fin nelle anse piú nascoste e pericolose del Rio delle Amazzoni, che non è solo un fiume, ma una vera divinità per i nativi.

> Rio delle Amazzoni,
> capitale delle sillabe dell'acqua,
> padre patriarca, tu sei
> la segreta eternità
> delle fecondazioni [...].
> Sei tutto carico di verde sperma
> come un albero nuziale, sei argentato
> dalla selvaggia primavera,
> sei tinto di rosso dai legni,
> azzurro tra la luna delle pietre,
> vestito di ferruginosi fiumi,
> e lento come un giro di pianeta.

In questi seducenti versi di Pablo Neruda sembra di vedere il grande fiume, primitivo e misterioso, e Margaret, seduta sulla barchetta con il blocco da disegno aperto sulle ginocchia, a caccia di questo turbinio di colori e sensazioni.

In effetti, sarebbe stato piú comodo immortalare le sue scoperte con una buona macchina fotografica, per poi magari dipingerle comodamente a casa al riparo dalle insidie della natura.

Ma è proprio in questa scelta la vera essenza di Margaret, che inseguendo un ideale di realismo pittorico considera i suoi bozzetti piú fedeli e luminosi di qualsiasi istantanea. Ecco perché vuole lavorare da sola, immersa nella foresta incontaminata, noncurante dei pericoli di quella terra vergine. Quando scende dalla barca, cammina nella vegetazione intricata come un ricamo e, impugnando il pennello come un'arma, lavora senza sosta, a volte rimanendo in piedi per ore con l'acqua alle ginocchia pur di avvicinarsi a un esemplare, a rischio di incontrare serpenti e sanguisughe. Solo cosí riesce a penetrare l'autentica bellezza del paesaggio e a catturare la miriade di particolari di un'orchidea o le sfumature paradisiache di una bignonia.

Scrive nel suo diario:

> Non si possono dipingere fiori in un giardino botanico [...]. I fiori coltivati crescono in modo diverso e hanno un aspetto diverso. E poi, vuoi mettere l'eccitazione di scoprire nuove specie sconosciute?

È una disegnatrice botanica dal piglio impressionista, e durante le numerose sessioni di pittura nella foresta *en plein air* ritrae piú di duecento piante, splendide varietà di cactus, ficus strangolatori e bromelie che dipinge con colori vivi e sgargianti. Ma scopre anche fiori sconosciuti, almeno otto specie di piante tra cui alcune orchidee, quattro delle quali portano il suo nome: margaretæ, o meeana.

Sono piante bellissime e però fragili, molte delle quali destinate all'estinzione per la scriteriata politica di espansione che, già all'epoca, minaccia l'area amazzonica. I disegni di Margaret sono oggi l'unica testimonianza dell'esistenza di questi capolavori della natura che la nostra avidità non ha saputo risparmiare.

Specie animali e vegetali stanno continuando a scomparire a un ritmo vertiginoso per colpa delle attività umane. Una deriva che mette a rischio la biodiversità del pianeta che abitiamo, mentre è proprio l'incredibile varietà del nostro Paradiso che potrebbe assicurarci un argine ai cambiamenti climatici. Margaret intuisce questa china disastrosa, e l'indignazione che si era accesa durante il rogo dei libri del Reichstag riesplode davanti alla devastazione della giungla amazzonica. E cosí, da pittrice botanica, si trasforma in attivista e scende in campo armata dei suoi pennelli in difesa del sacro polmone della Terra, al fianco degli indigeni che hanno sempre vissuto lí. Il modo migliore per farsi dei nemici in quella regione aggredita dagli speculatori.

Insieme ai fogli e ai colori, per precauzione, Margaret tiene a portata di mano anche una pistola. Le capita di usarla una sola volta, quando uno scagnozzo dei nuovi appaltatori della foresta la vorrebbe costringere ad abbandonare il territorio.

> Appena capii che l'uomo mi stava minacciando, gli ficcai il revolver nello stomaco [...], rimase cosí scioccato! Dopo questa brutta avventura sono stata trattata come una regina, ammirata per la mia determinazione!

Un'ossessione anche se bucolica è pur sempre un'ossessione e va difesa a tutti i costi.

Margaret sente parlare per la prima volta del fiore di luna dalla sua guida. È una donna di quasi cinquant'anni, ma da allora, come una ragazzina al primo amore, non può pensare ad altro. E a ogni escursione tra le infinite sfumature della rigogliosa mata brasiliana spera di scorgere quella pianta misteriosa dai riflessi lunari.

«Chi sogna può muovere le montagne!» Ne è convinto Fitzcarraldo che attraversa il Rio delle Amazzoni per inseguire un miraggio, arrivando a issare una nave su per una montagna. E proprio come il protagonista del film di Werner Herzog, nel 1956 Margaret parte alla ricerca del leggendario fiore di luna. E continua a cercarlo per ben quindici volte nel corso di trent'anni di speranze, tentativi, fallimenti e delusioni; quindici spedizioni che affronta sempre con entusiasmo quasi infantile.

Sembra di vederla: minuta, non piú giovane, quasi nascosta dal grande copricapo in paglia da cui pende una zanzariera che sembra un'elegante veletta vittoriana. Viaggia con fierezza a prua della sua barchetta, una specie di arca che non ospita animali ma piante, che la pittrice raccoglie e cataloga con cura durante le esplorazioni.

Quando scopre un soggetto interessante, Margaret ferma la barca e, prima di dipingere, acconcia in un grande chignon i lunghi capelli biondi lasciati sciolti fino alle spalle. Unico vezzo: un fiocco di velluto verde appuntato tra le ciocche. Un portafortuna che non abbandona mai nei quasi ottant'anni della sua movimentata esistenza.

Un'immagine senza dubbio poetica, ma la vita della cacciatrice di piante non è sempre cosí idilliaca. Negli anni, Margaret affronta scorpioni e rane tossiche, malaria ed epatite, rischia spesso di annegare e almeno una volta di essere assassinata da cercatori d'oro senza scrupoli. Eppure, continua a pensare che la vita piena di insidie della giungla sia piú sicura di quella nelle città moderne, soffocate da smog e criminalità.

«Quell'inferno verde, irto di pericoli era il mio Paradiso. Un Paradiso con un solo dio, il fiore di luna».

Nel 1965, nove anni dopo la prima spedizione, Margaret riesce finalmente ad avvistare il selenicereus wittii, e ha un impeto di gioia. Ma poi scopre che è già appassito. Ha mancato la pienezza della fioritura per una manciata di ore. Dovrà ritentare e lo farà! Nel 1972 trova un esemplare carico soltanto di frutti. Dieci anni dopo, nel 1982, intravede un bocciolo che sta per schiudersi ma il fiume è in piena e ricoperto di fitta vegetazione, e lei finisce per perdersi nel buio. Anche allora, alla bella età di settantatre anni, decide di ritentare.

> In ogni viaggio che ho fatto al Rio Negro, il fiore di luna era nella mia mente. Sempre! Ne sentivo parlare a Santarém e altrove. A volte, se intravedevo un lampo scarlatto nella foresta, per sicurezza attraversavo il fiume, nella speranza di assistere a quell'incontro fatale.

Nel 1986, a settantasette anni e con due trapianti di anca all'attivo, insomma, nel momento in cui uno potrebbe prendersi anche una pausa e limitarsi a curare l'orto dietro casa, Margaret sta invece navigando su un remoto affluente del Rio Cuieiras, quando all'improvviso vede il fiore di luna in bocciolo. È come una visione. Il respiro si spezza. Ferma la barca. Apre il blocco da disegno, impugna il pennello con gesto consumato e inizia a dipingere, lo fa cogliendo l'attimo, senza riflettere, il cuore tremante e la mano ferma. Neanche il grido primitivo dell'uirapuru la fa sussultare.

La notte intanto cala sul Rio Negro. Margaret accende la lampada a olio ma non si muove. Per non rompere l'incanto, gira la pagina del blocco da disegno quasi al ralenti e prova a catturare una nuova prospettiva, lo sguardo fisso sul fiore che, dopo trent'anni di appostamenti, finalmente sta per schiudersi davanti ai suoi occhi.

> Me ne stavo lí, avvolta dalla fioca presenza della foresta, incantata. Poi, il primo petalo cominciò a muoversi e poi un altro e un altro ancora. [...] Era il fiore che sbocciava [...] e prendeva vita.

Il piccolo stormo di petali bianchi si apre a spirale con un profumo inebriante e, come dice la leggenda, arrossisce poco alla volta, timidamente. Ogni minima sfumatura è imprigionata con gesto sapiente dai pennelli di Margaret. L'emozione scioglie il tempo, la notte passa in quelli che sembrano pochi minuti.

All'alba la donna chiude il blocco da disegno, stiracchia la schiena anchilosata e coglie il fiore. È un momento sacro. Poi, con delicatezza, custodisce l'esemplare nel piccolo frigorifero che porta sempre con sé per preservare l'essenza scarlatta dei sepali che sta per dissolversi.

Il mondo ora possiede la prova dell'esistenza di quella che sembrava una pianta solo mitologica: due disegni di un perfetto realismo, e una reliquia da adorare per tutti gli esperti che hanno giudicato Margaret una vecchia pazza con molto tempo da perdere.

Nonostante abbia ormai quasi ottant'anni, Margaret non ha perso il fervore dell'attivista che l'ha animata per tutta la vita; sembra ancora la giovane ragazza che ha assistito alle prime persecuzioni in Germania. A bruciare ora non ci sono libri ma alberi, e in gioco non c'è piú solo la libertà del mondo ma anche la sopravvivenza stessa del pianeta. Soddisfatta la sua grande ossessione, è tempo di tornare a battersi per la giusta causa, che adesso è la lotta contro un disastro ecologico di proporzioni globali.

Negli anni, la foresta amazzonica che Margaret conosce e ama è stata abbattuta, bruciata, offesa dalle multinazionali che cercano profitto a breve termine.

Durante uno degli ultimi viaggi nel suo Paradiso verde, scrive sul diario queste sconsolate parole:

> L'ultimo viaggio mi ha spezzato il cuore. La foresta sulle rive del Rio Negro è stata bruciata per farne carbone. Chilometri e chilometri di ceppi anneriti dove una volta c'era la foresta primordiale

che non potrà mai piú ricrescere. È una tragedia. Cosa si può fare? Cosa posso fare io? Sono rimasti cosí tanti fiori da dipingere.

Il dipinto che raffigura il fiore di luna è forse il piú bello e poetico che la pittrice è riuscita a realizzare. Viene spedito insieme a piú di duecento tavole dell'artista in Inghilterra, per una mostra trionfale che le viene dedicata ai Kew Gardens, l'orto botanico piú famoso del mondo che nei secoli ha finanziato le imprese di tanti cacciatori di piante. Purtroppo, Margaret non riesce a presenziare all'inaugurazione; muore pochi giorni prima dell'apertura in un banale incidente di macchina, vicino alla città natia. La donna che ha sfidato coccodrilli, pipistrelli vampiro e ogni tipo di pericoli, è costretta ad arrendersi di fronte a un brutto scherzo del destino, lontana dal suo Paradiso verde. A ricordarla, una fondazione che continua a combattere la devastazione dell'Amazzonia, ultimo paradiso verde senza il quale finirebbe per sempre la nostra avventura sulla Terra.

Ma forse l'omaggio che avrebbe gradito di piú gliel'ha tributato la città di Rio de Janeiro, allestendo in suo onore un fantasmagorico carro carico di piante e fiori tropicali per la sfilata del Carnevale, un'arca danzante che ha attraversato le strade della città celebrando la gentile signora inglese che, grazie alla sua magnifica ossessione, ha fatto conoscere al mondo le bellezze della loro terra.

Piú di tremila ballerini della scuola di samba *Beija-Flor*, vestiti con tutti i colori sgargianti dei fiori dipinti da Margaret, per una notte hanno invaso le strade di Rio restituendo con gratitudine l'amore che questa donna ha tributato alla foresta amazzonica. E mentre la *bateria* delle percussioni scandiva il ritmo della danza, tutti intonavano in coro: «Our queen is Margaret Mee...»

Lo spirito del Paradiso per cui Margaret ha combattuto con i suoi pennelli rivive oggi nelle nuove generazioni che si oppongono con forza alla confisca delle terre. Un'altra piccola regina sta portando avanti con determinazione una lotta contro le ruspe, le trivelle e il disboscamento che ogni minuto – sí, ogni sessanta secondi – distrugge una zona di foresta grande come tre campi da calcio.

È una giovane indigena ecuadoregna, Nemonte Nenquimo, leader del popolo waorani, che ha fatto causa al governo di Quito per opporsi all'esproprio di un vasto territorio abitato dai suoi antenati. Grazie a questa battaglia, è riuscita a salvare 202 342 ettari di foresta amazzonica ed è stata insignita del Goldman Environmental Prize, detto anche il Nobel per l'ambiente. Il suo nome, Nemonte, significa «Fiume di stelle». Una degna seguace per l'amante del fiore di luna, che poco prima di morire scriveva:

> So che la mia morte non significherà la fine del mio lavoro. Ovunque sarò, cercherò di influenzare coloro che stanno distruggendo il pianeta perché diano alla natura una possibilità di sopravvivere.

Purtroppo, il destino dell'Amazzonia è sempre piú in pericolo. Solo nel 2020 il paese ha subito la piú grande deforestazione degli ultimi dodici anni, una razzia che ha visto il picco con l'avvento alla presidenza del Brasile di Jair Bolsonaro.

Le disuguaglianze economiche e sociali e le migrazioni sono collegate ai cambiamenti climatici, alle guerre e alla voracità di un sistema senza regole che privilegia sempre i piú ricchi. Sono sotto gli occhi di chiunque le connessioni che tengono legate a doppio filo tutte le crisi che si susseguono – con frequenza sempre piú accelerata – sulla nostra povera Terra, e diritti e ambiente dovrebbero essere al primo posto nell'agenda politica di ogni governo. Ma come sappiamo, non è cosí.

Gli scienziati avvertono che siamo ormai giunti a un pericoloso punto di non ritorno, e se non facciamo qualcosa in tempi molto brevi per il nostro polmone verde il pianeta intero rischia di diventare un deserto di polvere e sassi, mettendo a rischio l'esistenza della specie umana.

Ma noi non ci crediamo. Noi Homo sapiens siamo programmati cosí: finché non ci cade la tegola in testa non crediamo nemmeno alla malattia e alla morte, figuriamoci se possiamo prestare attenzione alla devastazione ambientale. Anche se sugli schermi dei nostri smartphone osserviamo in diretta lo scioglimento dei ghiacciai, pensiamo che sia una cosa momentanea, comunque lontana e alla fine non cosí grave. Se persino la guerra ormai ci colpisce soltanto quando è dietro casa e se a morire sono persone simili a noi, figuriamoci se possiamo sviluppare empatia per le piante.

Gli ambientalisti, diventati – ahimè – meno popolari dei virologi, ci ricordano che non è mai esistita una specie stupida come la nostra, che è riuscita a distruggere in un tempo breve l'ambiente da cui dipende la sua sopravvivenza. L'anidride carbonica non si vede a occhio nudo ma non sente ragioni, produrne di meno sembra quasi un'utopia per le recalcitranti economie mondiali, eppure le piante potrebbero aiutarci ad arginare il disastro. La vita è un Paradiso e noi tutti siamo in Paradiso ma non vogliamo capirlo, diceva Dostoevskij. Anche se ora è diventato di moda parlare di transizione ambientale, sono ancora poche e tardive le politiche messe in campo. In attesa di interventi piú decisivi, l'azione immediata che dovremmo promuovere per fermare la china è piantare alberi, ovunque, comunque, e spingere i governi a forestare in tutti i luoghi possibili. Rimboscare il nostro Paradiso è un atto politico e poetico al tempo stesso, un regalo per le future generazioni a cui stiamo lasciando un'amara eredità.

Mi viene in mente un vecchio proverbio dei nativi americani: «Solo quando l'ultimo albero sarà abbattuto e l'ultimo fiume avvelenato e l'ultimo pesce pescato, ci renderemo conto che non possiamo mangiare il denaro». Ma non è detto che non potremmo riuscire anche in questa impresa.

Qualcuno spera in una nuova vita sul pianeta Marte, dove si stanno progettando serre futuribili per coltivare l'insalata; e c'è chi, già rassegnato, si prepara a un'esistenza sprofondata nell'oblio del metaverso. Ma come ci suggerisce Mircea Eliade, grande studioso di Paradisi terrestri,

> anche nella civiltà piú tecnologica c'è qualcosa che non può mutare: fintanto che ci sarà il giorno e la notte, l'inverno e l'estate, credo che l'uomo non potrà essere cambiato.

Senza volerlo, siamo integrati in questo ritmo cosmico. Un privilegio che non dovremmo mai dimenticare.

Epilogo

Per la cronaca, la casa di campagna dell'infanzia è ancora in vendita ma non abbiamo nessuna intenzione di ricomprarla. Ci basta la cartolina che nonno fece stampare in un'estate lontana per fare una sorpresa alla nonna. È apparsa in un cassetto proprio mentre cercavo un'immagine per la copertina di questo libro: possedere quel piccolo cartoncino in bianco e nero ha quietato la nostra nostalgia e ognuno ha trovato nuovi sogni da coltivare insieme ai ricordi.

Il mio ultimo Paradiso per ora sta crescendo bene, tra vittorie e sconfitte, senza regole, a modo suo. In verità assomiglia piú al giardino dello stravagante artista Hundertwasser che a un ordinato *garden* all'inglese, ma ogni Eden, si sa, si espande a immagine e somiglianza del suo creatore. Solo quello concepito dal Grande Giardiniere era perfetto, e forse proprio per questo è stato abbandonato. Il mio non poteva che annoverare tra i suoi abitanti anche un albero di banano che – rispettando la tradizione familiare – non ha fruttificato (almeno finora), mentre la pianta di ortensie, che per miracolo è ancora viva, si ostina a non assumersi le sue responsabilità rifiutandosi di cedere ai miei desideri. Non si azzurra come vorrei, ma non mi arrendo. In compenso, in questa striscia di terra il cielo è cosí blu che potrei anche accontentarmi del suo riflesso.

Per il resto, le rose fioriscono vigorose con l'abituale generosità che non mi ha mai deluso. Ho pure sistemato dei gerani in un'aiuola, una novità per me, e la mattina sto cominciando a fare amicizia con i primi boccioli. Per ora non sono vere e proprie conversazioni, ma poche parole scambiate per rompere il ghiaccio. Sento che c'è una certa affinità, e non voglio forzare le cose.

Una mattina mi è anche sembrato di sentire il suono della voce di mia madre, che con il sorriso tra le parole mi diceva che era orgogliosa di me. Ma forse era l'effetto del maestrale, che da queste parti arriva all'improvviso e ha sempre voglia di scherzare.

Ringraziamenti.

Questo libro nasce da tante fantasie e corrispondenze ma non esisterebbe senza la complicità con mio fratello e mia sorella, che hanno condiviso insieme a me la nostalgia della casa di campagna. Li ringrazio per avermi lasciato trasgredire senza remore i loro ricordi.

Pare comunque che l'aereo rosso una volta abbia fatto un bel volo atterrando sul campo di grano. Mio fratello ci teneva a sottolinearlo.

Grazie a Donato Dallavalle, indispensabile compagno di giochi letterari. Lavorare con lui è un vero Paradiso.

Grazie a Valentina Pattavina, che per fortuna ancora non si è stancata di me e dei miei aggettivi «prediletti». Con lei l'editing è un happening paramilitare pieno di sorprese e di risate.

Grazie a Chiara Valerio, che sa, vede e soprattutto prevede, l'angelo custode che tutti desiderano nel Paradiso in Terra.

Grazie alle mie lettrici del cuore Maura, Orsetta, Germana e Paola. Senza la loro amicizia la vita sarebbe un inferno.

Grazie a Francesco Colombo, che ha estratto il misterioso elisir dell'entusiasmo.

Grazie ad Andrea Pistacchi, che anche quando non lo sa è sempre la fonte di ogni ispirazione.

Grazie a Mario Calabresi e a Michele Rossi di Chora Media, che hanno acceso la miccia.

E grazie a Luisa, Marco, Chiara, Irene, Marta, Cecilia, Federica e tutta la Sosia & Pistoia al completo, piú che un'agenzia la mia grande famiglia allargata che sta per accogliere una nuova arrivata. Benvenuta, piccina. Che la vita per te sia sempre un Paradiso.

*Questo libro è stampato su carta contenente fibre certificate FSC®
e con fibre provenienti da altre fonti controllate.*

FSC
www.fsc.org
MISTO
Carta da fonti gestite
in maniera responsabile
FSC® C115118

*Stampato per conto della Casa editrice Einaudi
presso ELCOGRAF S.p.A. - Stabilimento di Cles (Tn)
nel mese di novembre 2022*

C.L. 25336

Edizione — Anno

1 2 3 4 5 6 7 — 2022 2023 2024 2025